# 你的早晨是什麼？

## 一個插畫家的日常見聞

文・圖　王春子

# 目錄

推薦序—生活檔案……歐陽應霽 06
Qui……微笑大叔 08
獨特觀點的生活構築……林怡芬 11
朋友妳也太有才了吧……吳怡欣 12
自序—為什麼開始寫字 13

## 喃喃左岸

夏天會遇見的一兩件事 18
生活的風景 22
貓鳴 26
書被吃掉了 30
我和昆蟲的夏日 34
貓尾巴 38
媽媽們來搖滾 42

一年一部很棒的電影 46
對食物的想像 50
雨過天晴 54
我過世的拉拉 58
對動物友善的城市 62
貓狗地圖 66

## 明滅城居

皮鞋店 72
散步在夜市 74
冬天夜裡一池溫泉 78
過年 82
好吃 86
簡單生活 90
將要消逝的風景 94
喀啦．喀啦的綠豆冰 98
老萬華的小時候 102

## 河邊出走


旅行的主題曲 108
使雨變成雪 112
山裡有熊嗎？ 116
如果不住在城市 120
那些晴朗的風景 123
走！來去迷路 128
台南散步 132
游到對岸了 136
一個人遠足 140


## 第二人生


繼續日常生活 146
靜靜等候 150
倒數計時 154
甜蜜的負荷 158

你的早晨是什麼？ 162
我們的餐桌 166
三十、五十、七十 170
研人的字典 174
美味的代價 178

## 創作自語

手感 182
做陶 186
自由工作者 190
我是賣書的人 194
他人的日記 198
日常見聞 202
好作品的前奏 206
討論一件或許不存在的事情 210
插畫家的尋常一日 213

# 生活檔案

歐陽應霽

如果嘗試用現在的「潮語」去解釋定義自己的話，我肯定是個「控」，各種的「控」，其中一種是「檔案控」。

這麼幾十年下來，從學生時代到現在，我把我能收集到的，覺得應該留下來的，某一天翻出來拈起來會有久別重逢的愉悅的某張從雜誌或者報紙撕下來的圖片，插畫或者某篇文字，用最自己的方法，分門別類，存放在不同顏色的有兩條「鐵臂」的懸掛式檔案夾裡，掛在那要用蠻力才能拉出來的量身訂造的四抽屜灰綠色鐵皮檔案櫃裡。工作室裡有三十組這樣的檔案櫃，家裡的不同尺寸不同格式的檔案櫃還是叫木工師傅精工製作的，跟一牆木頭書櫃款式相若連在一起，是我十五年前搬進這個房子的最大消費。

我要說的是，我為我喜歡的，認識的不認識的朋友和她們他們的作品，都開了獨立的檔案夾。這些年來一路在各種刊物中閱讀後撕下來妥當收著的春子的插畫，文章，以及她親手送我的《風土痣》，就是這樣收在一個叫做「王春子」的檔案夾裡。

新朋舊友被這樣「歸檔」，說起來也有點尷尬。但這是我一想起她或他，沒有機會馬上飛去見面時的一個最快捷有效的方法吧！我是一個心急也算爽快的人，一想到就要有，就要做，典型不過的射手，可是一直被大家誤解為慢生活的倡導者，以訛傳訛，這許多年下來，也不再多作解釋了。我唯是繼續的風風火火，在外地內地這個那個城市和鄉鎮，自得其樂的奔的跑的，把所見所聞所感所思盡興地與大家分享。這些日常生活體驗，其實都整理分類在有形無形的「檔案」裡，有時是一疊 file，有時是一本書，一則漫畫，有時是一場演講，現在更多的是一頓飯——把這些檔案喝掉吃掉，應該是最完美的分享吧！

打開春子這個「檔案」，我們在山裡散步，拖拉著狗狗，遇見浴室裡的小毒蛇，拎起一隻小昆蟲，耳聽旅行時隨身帶著的音樂，發呆，閱讀，煮飯，獨立出版，自由工作，還有雨，還有雪，還有叫人懷疑困惑的消費，各種的快各種的慢……然後我們都知道這就是生活，力所能及的，想要過的生活，至於是不是所謂的好日子，那，其實不太重要。（本文作者為作家、漫畫家）

# Qui＊

微笑大叔

關於我和王春子的回憶幾乎都是愉快的，而且我們相處的時光就像法國導演侯麥（Eric Rohmer）的電影一般輕鬆、隨性但鋪滿對白。

春子愛看書，但不算學富五車，可是她幾乎對每件事都有看法，有時我會覺得她的腦子裡躲了五個人，她能從後龐克聊到演唱會偶像崇拜，再從國家定位與經濟自由化跳到蘇格蘭與國產威士忌之差異性比較，加上她的話語量非常大，和她在一起差不多只要回答：「Qui!」這樣的單字就夠了，真是輕鬆愉快，所以王春子出書感覺是遲早的事。

大約七年前，電影《艋舺》上映的前一年，一位廣告圈的前輩找我製作一本記錄萬華的地方誌還是旅遊書之類的出版物，非常非常有企圖心，是那種放在書店不知如何陳列的作品。那時春子剛離開上班族的生活，好像有點空閒，我便拉她一起幫忙這個案子，而且有她這位在地的艋舺人掛保證，可以稍稍免去我心中外來觀光客的罪惡感。然後這本書折磨了我們一年，最後無疾而終收場。但因為這個機緣，我有幸經驗了一段侯麥式的艋舺之旅，導遊當然是艋舺人王春子本人。

路線是這樣開始，首先我們在艋舺公園會合，從欣賞一攤攤那卡西街頭表演的微妙差異作為開場，然後參觀了春子小學做鄉土研究的二級古蹟——龍山寺。接著鑽進擺滿不知名藥草的青草巷，去了喝茶、聊天、研究明牌的茶室。再到廣州街與康定路的賊仔市，看看那些落單的運動鞋與上個世紀的手機大展如何成為地攤商品，之後往華西街夜市裡的暗巷走，這是春子童年串門子的路徑。然後我們轉個彎路過寶斗里公娼寮，我想我認識的女生中，大概只有跟王春子走這段路，不會感覺彆扭。

逛完巷弄，我們走到西園路的佛具街，再轉進和平西路與環河南路圓環的八卦陣式集合住宅，如電影場景般的空間，春子的家就在附近，這時剛好遇上夜市的台車從巷弄間被推往工作地點，春子說他們有些是當地居民，有些則是在附近租個小空間停放生財工具的外地人。昏黃的天色下，推著一台台點上小燈的台車，這一幕彷彿是蘇聯時期動畫片的場景。最後，回到萬華夜市已經晚上，我們在仁濟醫院附近吃了春子推薦的愛玉冰後，結束這趟都會電影般的散步之旅。

關於這趟艋舺行程我有三點心得：一、接納都市邊緣人的艋舺與台北完全是兩個世界，應該自立門戶。二、孟母三遷是結果論。三、《艋舺》如果有這樣的電影版本應該會比較好看。

據春子本人透露，她二十出頭時曾與金城武同桌吃飯，但當時她完全不知道這世界上有這位大明星。這讓我想到好久以前看過一套日本漫畫，主角是一名力爭上游的鄉下女孩，她因緣際會遇到一名反社會的精神導師，這位導師規定她不准看電視和報紙，腦袋的東西要自己去經驗去思考，媒體傳播的是資本家、政客與學閥餵養的催眠藥；有回女主角擔心加入幫派的青梅竹馬而偷看了報紙，還差點被逐出師門。那個曾和金城武處於平行空間的王春子，常常讓我想到這部漫畫。

最後，關於第一篇〈夏天會遇見的一兩件事〉，春子在浴室和蛇交流的經驗，我也有一則，而且是像小孩子手臂一般粗，蛇頭像練拳師的手掌一般大的眼鏡蛇，不過是男生版，好像也就沒什麼好提的。（本文作者為二十世紀失憶樂友／《蘑菇手帖》前主編）

＊「Qui」，法語「是」的意思。

# 獨特觀點的生活構築

林怡芬

記得好多年前了，當我第一次在蘑菇見到春子的插畫創作，就被她那大膽的線條與獨特的視點所吸引，當時就覺得這位新一代插畫家的作品，將來必定不同凡響。而與春子成為朋友後，每次聚會中與她談話，都感受到在這小女子堅定的眼神下，對創作、對世界都有自己獨特的觀點和想法，並且能夠很有邏輯地整理出來與我們分享，很不同於一般的圖像創作者。而這些都是春子平日對藝術對文學的大量閱讀與吸收，而逐漸構築出的自我觀點。

春子這次的創作不是大家對她所熟識的插畫作品，而是一篇篇以文字記錄她生活日常與自身對這世界的觀點。這本書中我們可以看到春子在每一個階段的生活，她讀了什麼書、聽了什麼音樂、看了什麼電影，產生什麼樣的情感、感受，而這些的一點一滴，就是釀煮成那顯明春子風作品的材料。

我和春子都是插畫創作者，也是有小小孩的媽媽。雖然年齡和工作資歷我長於春子，但是當媽媽的角色春子卻是我的前輩。在這本書裡我看到了春子和先生從懷孕到育兒的心路歷程，也給了我不同視角觀點，那是我們平常聊天沒有機會談到的部分。我喜歡春子問先生的問題，也喜歡春子先生總是留給了一個可以好好思考的哲學答案。（本文作者為插畫、雕塑創作者）

# 朋友妳也太有才了吧

吳怡欣

當我第一次聽春子要出書並且是字多過圖的書時，不禁脫口說出：「妳會寫字喔！」在閱讀完整本書後真想當面跟她說：「朋友妳也太有才了吧！」

春子總是讓我想起我紐約的同學，在他們嬉皮看似嘻嘻哈哈的年輕外表下，是很有想法的獨立個體。春子的文字和插畫如同其人，真誠又有溫度。相對於她有赤子之心的插畫，文字就像是活在她心中的老靈魂，不疾不徐地從日常生活的細節中婉婉道出她的想法和感受。

閱讀著春子的「第二人生」和「創作自語」，同樣是新手媽媽和自由工作者的我，真是心有所感點頭如搗蒜。而那些春子敘述著她小姐時期的點滴生活或是自我追逐的一個人旅行，更是讓我遙想起青春的美好。看著看著不禁嘀咕起自己為什麼沒替青春留下隻字片語。

如書中《你的早晨是什麼？》提到，隨著人生階段的改變，早晨的景色也將不同。現今我的早晨是，「麻咪ㄋㄟ ㄋㄟ。」（本文作者為插畫創作者）

自序

# 為什麼開始寫字

我平常的工作是畫圖，有時也接設計稿。

為什麼開始寫字了呢？

我一直有寫日記的習慣，從十七歲到現在，日記都放在一個大箱子裡。不過在二十五歲以前，從來沒有想過會把生活隨筆變成文章公開。

〇七年我剛滿二十五歲，一心想成為自由工作者，雖然還不知道未來的案子在哪裡，就辭去了工作，帶著僅存的一筆錢，大約二十萬元，一個人去歐洲克難的旅行了三個月，回來後自費出版了一本小書，從文、圖到算帳都自己來。除了賣這本小書，工作也就零星的幾個。

隔年有一天收到一封信，是來自香港《men' s uno》雜誌的主編，邀請我寫專欄，他說有一個單元「私人通信」，想找北京、上海、香港、台灣各一位，每個月一篇，字數大約

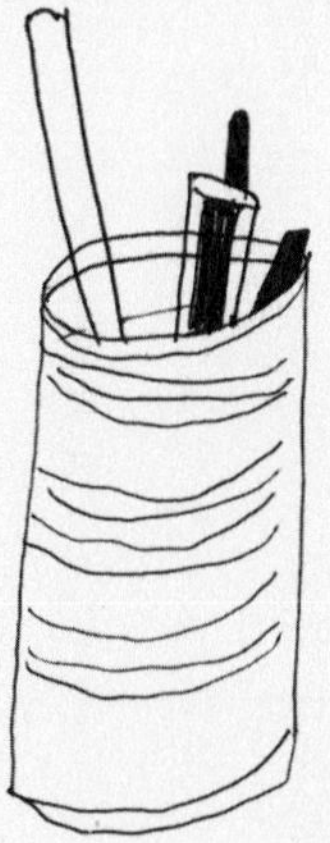

是一千多字加上一張圖，題目不設限，可以任意發揮，內容就當作和朋友通信，寫和自己生活有關的就好。

收到這封邀請信，我有點吃驚，對當時的我來說，是天外飛來一筆的機會，雖然也有點擔心寫不出來，但還是硬著頭皮答應了。就這樣我的散文在香港的時尚雜誌連載了快四年，不過事到如今為什麼會找上我，仍然是一個謎。

因為當時每個月得寫一篇散文，我時常在苦惱著要寫什麼，工作忙時，更會焦慮起這一個月過得太平淡，沒什麼精彩的事。記得遇見毒蛇的那一篇，就是在截稿前一天發生的，因為是難得的經驗，我像是報社的記者突然抓到獨家一樣興奮，立刻替換掉原本設定的題目。

但也因為把發生的大大小小事都寫進去了，生活也就有點半公開在文章裡。有一回第一次見面的朋友來到家中，看到書架便問我說，「這就是被白蟻吃掉重新做的嗎？」旁邊的其他友人還沒會過意來。「是啊，你有看過那篇。」我們兩個很有默契地對視微笑。又有一次和香港的主編第一次碰面，他遠遠地就認出我身邊的先生，「因為妳畫得傳神，很好認。」

後來即使連載結束了，我仍然陸陸續續有寫一些文章，就這樣從二十六歲，寫到現在三十二歲，文章裡的L也從男友變成先生、孩子的阿爸。這段時間，正好經歷了從自由單身變成了人妻、媳婦。二十九歲那年更因為有了小孩，成為媽媽，整個生活有了大轉變，展開我的第二人生。

這些年來不變的是，我仍然在家裡工作，並努力在忙碌混亂的育兒生活中，想要維持創作和產出。生活和身分的轉變對創作的影響，確實是有的。而那些日常的感受就是我靈感的來源。

在這本散文集裡，我記錄下我的生活，我的養分。

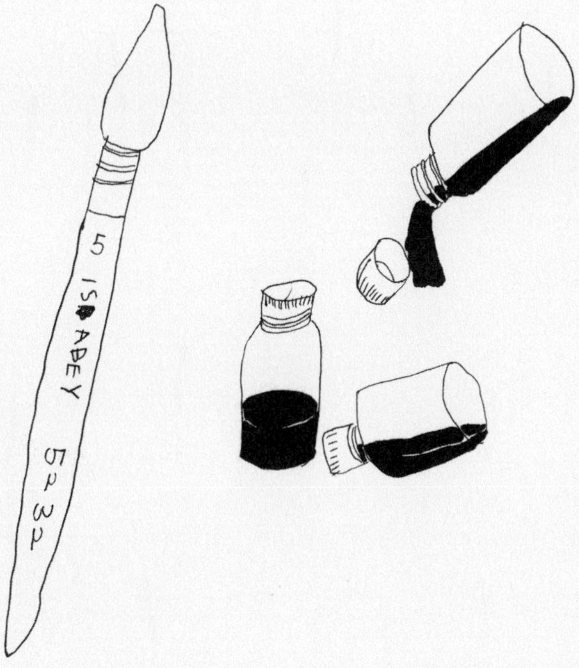

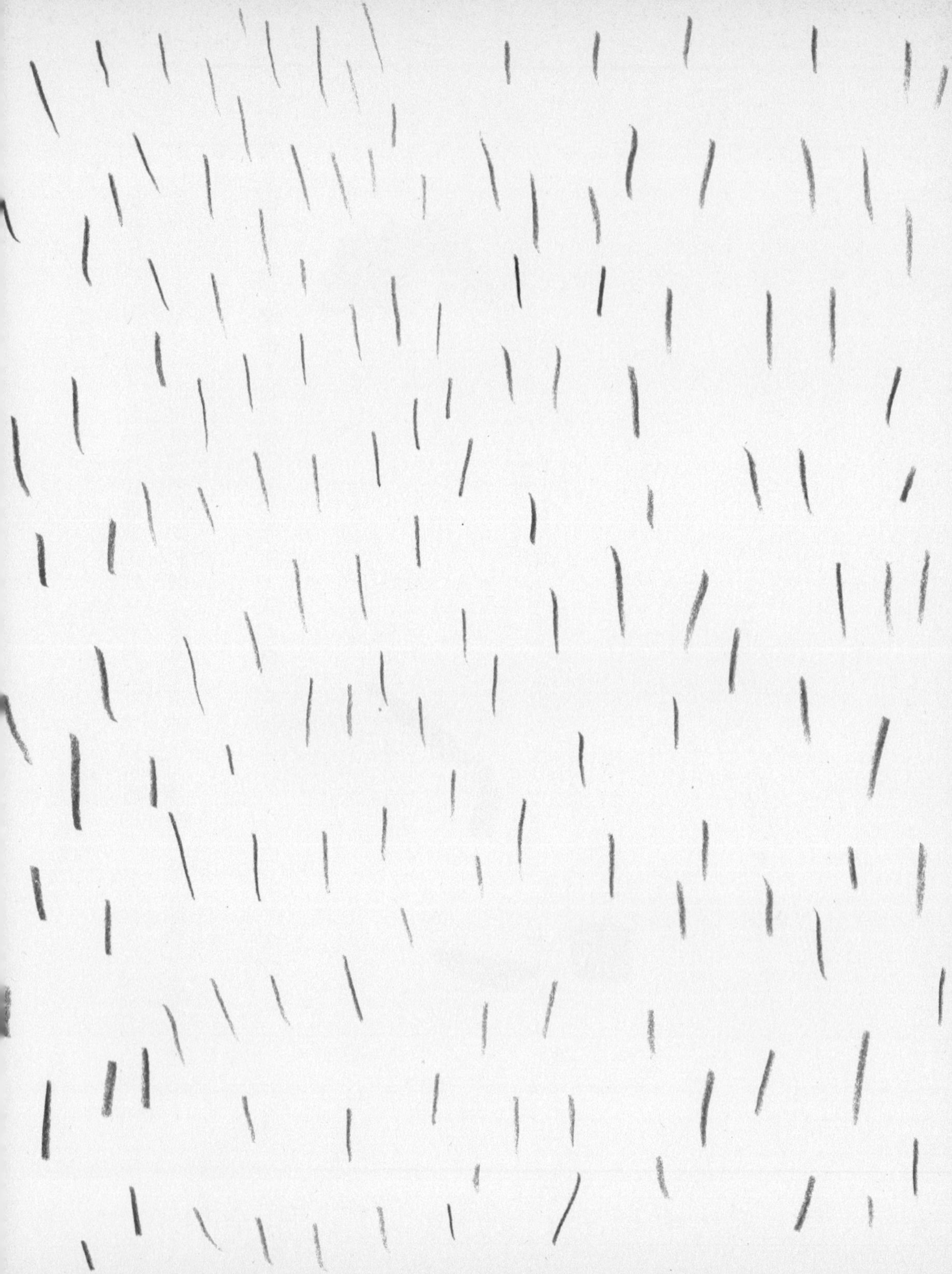

# 喃喃左岸

這幾年窗外的景色在變，
房裡的擺設也起了變化。
不變的只有山下那細細的淡水河，
一樣緩緩地流向海洋。

# 夏天會遇見的一兩件事

端午過後，天氣越來越悶熱。雖然靠近海邊，但從淡水河吹上來的風總是溫溫黏黏的，到了晚上才漸漸涼爽。

我和室友們分租一間舊工廠改的水泥房子，在八里的半山腰。八里的住家周遭多是工廠和墳墓，所以即使半夜趕工，把音樂開得很大聲，也沒有左右鄰居抗議。山上的昆蟲特別多，尤其是夏天，有一次我們在院子抓到一隻竹節蟲，開玩笑地把牠放在電腦螢幕上，竹節蟲仍稱職地將電腦當作樹幹，翹著屁股在室內假裝被風吹過的樹枝般搖擺身體，有時候也會出現一些不認識的怪蟲，像動畫《龍貓》裡會出現的，一顆鼓鼓黑色的身體，有長長的六隻腳。

郊區和市區的夏天有些不同，台北是冷氣的轟轟聲夾雜著蟲鳴，偶爾在大太陽下騎摩托車，遇到紅燈時，和其他騎士一起在陰影下躲太陽，通常是某棟大樓或大車的剪影，隨著影子的形狀很有默契地變換不同的排列組合，像海裡的沙丁魚球；山上則是持續整個夏天嗡嗡的悶聲，傍晚夾雜著青蛙的呼嚕聲，漆黑的小樹林滿滿嘈雜的聲音，在夏天結束以前，好幾場生死搏鬥低調進行著，在山裡人像配角，在屋內躲著太陽，懶散地吹著風扇。

夏天的某晚，我一如往常地去浴室沖澡，才剛脫完衣服，便隱約感覺到角落有莫名的視線在注視著我，我循著不安的感覺望過去，地板的角落露出一段尾巴來，是淺咖啡色的鱗片，上面有一格格菱形的黑色斑紋，是一條小蛇，我忍不住默唸起以前看過的文章「有毒的蛇頭大多呈三角形、沒毒的頭圓圓」，接著再仔細看，是一顆尖尖三角形的頭躲在瓶子後面。

這是我第一次這麼近遇到毒蛇，本以為會很害怕，但碰到這條受驚嚇的小蛇，牠害怕地縮著身子，盡可能把頭藏起來，卻因為尾巴太長，露了行蹤，我實在很難對牠尖叫。於是我故作鎮定，不讓毒蛇發現我的慌張，收拾東西後推開門叫醒熟睡的男友來趕蛇，同時也翻閱圖鑑確認是不是龜殼花（台灣常見的出血性毒蛇），再回到浴室時，蛇已經不在原位了。

男友拿著手電筒和掃把巡著地面問我：「妳剛才在哪裡看到？」我指著地上的瓶子：「就在瓶子後面。」他又用水龍頭沖著地板，四周找了好幾回，不過沒看到那條小蛇。男友說，「我想蛇應該已經順著排水溝逃出去了，妳要不要繼續洗澡？」我想了一會，心裡仍覺得毛毛的，「還是等牠走遠一點好了，明天再洗。」便先回去睡覺。

隔天早上室友說他殺了一條龜殼花，是我昨晚遇見的那一隻。他有點靦腆地說：「真的不是故意的，沒辦法，我那時身上只有一條內褲，沒有任何可以保護的東西。」原來他在洗臉時聽見，洗手台上的面紙盒發出嗤嗤聲，想仔細弄清楚，抬頭卻看見一隻龜殼花，正鼓著頭吐著蛇信看他。和小蛇兩眼相視，彼此都很緊張，僵持了幾秒，手邊拿著蓮蓬頭，只好打開熱水沖牠，小蛇一面生氣嗤嗤地露出毒牙，一面扭曲掙扎，最後嘴巴張到最大，「哈」一聲地死去。

我不知道那隻小蛇，如何爬到這麼高的地方，或許我們進去找時牠就躲在上面了。當時如果我繼續洗澡，遇見躲在面紙裡的蛇不知會怎樣，但看著排水溝裡死去的小蛇，卻又覺得有些難過。

這就是住在山裡，夏天會遇見的一兩件事。（2008.06）

# 生活的風景

這幾天剛好住在這裡的前室友來拜訪，房間的地板是第一代室友和這位室友施做的結果，院子的牆壁顏色還留著不同室友粉刷過的痕跡。先生在這裡住了十年，最早是一位台灣的藝術家和幾個日本朋友在山上騎著摩托車繞著繞著，剛好看見這裡有間舊工廠便去詢問是否出租，幾年下來原本找到這裡的那一批人都搬走了，室友來來去去，房間的主人也換過好幾個。不知不覺我們成了這裡的資深元老級住戶。

往來變動的房客除了人和室友的貓貓狗狗外，也有山裡的昆蟲、小鳥、地上的小花小草。最近窗外被土蜂築巢，早晚依著我的窗戶發出嘎嘎嗚叫，一開始貓咪還會稀奇地尋找土蜂的蹤影，連續幾日下來，大家似乎也習慣了，倒是這幾天土蜂的房子蓋好了，白天就不太常聽見牠的聲音了。

最惱人的莫過於不請自來的雜草、雜樹。院子一陣子不理，便會在角落長出一叢叢不知名的雜草或小花，偶爾需要拔一拔，免得蔓延得越來越大片，或者根扎得太深，樹就難處理了。曾在後院冒出一株不起眼的小樹苗，一開始覺得家裡有棵樹似乎很可愛，沒幾年小樹靠著很淺的泥土，驚人地四處延伸它的根莖，也深入土牆裡，房東擔心矮牆倒塌，希望我們能把這棵樹拔掉，一開始以為只要用鋸子把樹幹切斷便能結束了，但野樹的生命力很強，斬草沒有除根，一下子又長成大樹，歷經了好幾次的人樹大戰，有一回實在狠下心來，一根根地仔細處理乾淨，才沒再冒出來。

不過前陣子倒是因為室友「人氣木工」創作了一系列圖文作品〈黃金傳說—野菜篇〉，才發現院子裡原本以為毫無用處的小花小草，有些是可以拿來入菜食用或具有藥草的功效。例如紫背草，台灣常見的野花，花朵是粉紅或粉白色，嚐起來帶點苦味，可以汆燙或裹麵粉炸天婦羅，相當退火。而看起來有點像青苔，葉片小小綠油油地長在水溝或門口旁的小葉冷水麻，吃起來雖然不好吃，不過可以當食用藥草，具消炎、解毒、可治肺炎與喉嚨痛等功效。

室友做這系列作品的巔峰期，常常拿著圖鑑對照地上的雜草、樹上的果實，在廚房裡忙進忙出做料理，有一次還將門口樹上結的果子做了好幾罐野樹果醬，分送我們。

住在山裡的生活，因為交通不方便，大部分的時間便幾乎花在家裡。大約早上九點多起床，餵過家裡的小動物們，一隻貓一隻狗，和先生輪流做點吃的、煮杯咖啡，聊完天後便各自在自己的工作室工作了。空閒時我們會一起聽音樂或看書，逗逗家裡的貓或找食譜試一些料理，也喜歡在裁縫機前做一些日常可以用的布製品。到了傍晚偶有朋友會來找我們吃飯、聊天或一起喝點小酒看部電影，睡覺前我們會帶著家裡的狗去山裡散步，拿著手電筒觀察沿路看到的昆蟲、青蛙、蛇，走到可以眺望淡水河出海口夜景的地方停頓欣賞，讓狗奔跑一下、聊聊天再折返。

住在靠著淡水河的山邊，沿著山往右邊走幾步便可眺望淡水河和海水的匯合處，河和海的顏色遠遠看似乎沒什麼不同，但兩邊的風景卻不太一樣，河的這一方細細長長的，兩側蓋滿高高低低的樓房，海的那一方，一望無際看不到邊緣，偶爾遠方幾個小點般的貨船經過。

到了晚上更是明顯，河上滿是燈火的倒影，照映著河面一閃一閃的。如果是特別的節慶，沿著淡水河兩側還可以看見滿滿的煙火，一盞盞的陸續點燃。但接近出海口的海面只能看見暗藍色不見底的海水，再遠一點就什麼也看不見了。有時候住在城裡，在到處都是燈光閃爍的夜晚，我特別喜愛看沒有半盞燈，像矇住雙眼看不見的風景，在暗夜中只能用天空的剪影去分辨，像影子般默默存在、安靜的呼吸，令人覺得平靜。

這幾年窗外的景色在變，房間裡的風景也因為生活型態改變有了些變化。不變的只有山下那細細的淡水河，一樣緩緩地流向海洋。（2010.06）

# 貓嗚

我家的小黑貓，喜歡趁我打字時躲在電腦螢幕的後面，露出兩隻黑色的毛手攻擊鍵盤，又或者突然興致來了繞著我的雙腳磨蹭幾圈，突襲地啃幾下再急忙逃走。

有朋友教我，當牠咬我時要立刻咬回去教訓牠，不能先認輸，我試著立刻回咬牠那薄薄布滿細毛的黑色大耳朵，不過我家的黑貓非常倔強又不服輸，在互咬的一來一往中，逐漸變成一齣荒誕的戲碼。我們兩個開始互咬對方，越來越大力，

誰也不認輸不退讓，僵持了一會，實在太可笑了，我只好投降，就當服了牠的倔強，而改為自我檢討：如果牠生氣到想咬我，是不是水沒了？是不是飼料吃完了？瞬間我成了手下敗將，簡直是不折不扣的貓奴。

如果是幾個月以前，別人家的貓咪這樣抓我，我一定害怕得躲著遠遠的，甚至會責備那些貓咪，是不是太嬌生慣養，或者心機太重，前一刻跟你好好的，怎麼下一刻就立刻翻臉不認人，甚至還抓狂。但被自己豢養的小動物又啃又抓，雖然疼痛竟然還甘之如飴，甚至養過貓的前輩還會對你說，要珍惜牠這段調皮的年紀，再過幾個月，牠就只會躲在高處，冷冷對一切毫無興趣地望著你。

這隻聽說再過幾個月就會長大成穩重冷靜的小黑貓，我們將牠叫做 Tarko，Tarko 的發音常常讓牠被誤認成日文的章魚，但其實是取自俄羅斯導演塔可夫斯基（Andrei Tarkovsky）的 Tarko 作為名字，為何是這個冷門到讓獸醫院的護士也唸不出聲的名字呢？為牠命名的男友L說這是他最喜歡的導演，或許是他覺得 Tarko 看起來像 Tarko 吧。

Tarko 來到我家的三個月前，朋友早晨起床時發現公寓樓下被放了一個紙盒，裝著四隻剛出生的小貓咪，朋友來電問我們有想要養貓嗎，正好前幾天才和L說真想養一隻黑貓，於是便商量如果是黑貓就養，沒想到剛好有。Tarko 的兄弟姐妹都是虎斑，唯有牠是黑色，甚至尾巴短短並沒有彎曲的那一段，少了靈活的末端，只能像鐘擺一樣垂直左右搖擺，一般稱做麒麟尾。

要帶牠回家的那一天，牠們四姐弟已經輾轉搬到朋友的朋友那裡，寄養在一個不認識的記者家，一開門，牠的兄弟姐妹便熱情地繞著初次見面的我們，呼嚕呼嚕地撒嬌，當事者 Tarko 卻躲在後面，事不關己地舔著肚子，偶爾跑去挑釁牠的貓咪同伴，和牠的手足相較下實在太不可愛了，但因為原本就想養一隻黑貓，還是帶走牠。

一開始養貓，不大認得貓的品種，覺得貓看起來都差不多，還記得第一次帶 Tarko 去醫院，獸醫看見牠的第一句話就是，「這隻貓撿來多久了？」當時滿驚訝，牠看起來就像是撿來的嗎？我們家的 Tarko 明明長相氣質都不輸那些名貴的貓，醫生怎麼不猜是不是我買來的？不過最近才發現，路上流浪的黑貓真的很多，偶爾會遇到幾隻年紀跟 Tarko 一樣，卻在外面流浪的小貓。牠們長得幾乎一模一樣，我想如果把 Tarko 放在路上，沒有留意牠的短尾巴，實在很難分辨牠和那些黑貓的差別。

對貓的印象一直停留在小時候，隔壁荒廢的空屋裡住滿了野貓，在冬天的深夜，偶爾會偷鑽進我的被窩裡取暖。在路上想要親近牠們又會急忙逃走，我一直以為貓很難與人親近，最近才發現貓是可以被馴服，而且是個撒嬌鬼。養了 Tarko 後才慢慢了解好奇心害死一隻貓的含意，貓是可以為了追蝴蝶，完全忘我從六樓跳下來的生物，又或者花很長的時間對著窗外發呆。

也在養了貓之後，便開始留意所有遇見的貓咪，尤其是路邊流浪的貓咪，騎腳踏車從八里到淡水的路上，常有貓咪在角落生活，和狗不一樣。牠們對人不會吠叫，你得留心才能發現牠們，通常是默默地坐在路邊，望著經過的人們；沒養貓以前，我不知道路邊有這麼多隻貓咪。

和 Tarko 一起生活的這些日子，從對彼此的陌生，到慢慢能熟識分辨牠每一個動作細節和聲音的差異，學會聽懂牠的語言，在某一次突然發現牠看我的眼神和看別人的樣子不一樣了，我們有了彼此才明白的小暗號。豢養一隻和自己完全不同的生物，很有趣，但也常常很生氣跟很痛。（2008.08）

# 書被吃掉了

「書被吃掉了！」剛剛我忍不住尖叫，因為突然發現書架裡爬滿了白蟻。

前一陣子，台北忍了好幾天沒下雨，空氣非常的溼，因為天氣還沒到非常熱，我僅開一台電風扇，也沒開除溼機。當我拿起一本靠牆的書想要翻閱，才發現藏在書架裡的書側，黏了幾隻白蟻，偷偷結著一層小土丘，書也被啃成波浪鋸齒狀。令人生氣的是，白蟻無聲無息地在書頁中穿梭鑽洞，一邊啃著你的書一邊築巢，一點也不在意咬掉哪個段落或文字。

書架上的書，大多是日積月累下，一本本蒐集來的，設計或美術類的進口書特別昂貴，有些甚至是買不到了，文字書也是在不同年紀慢慢累積下來的。不知不覺我已經和白蟻共同相處了一段日子，牠們就在我身邊祕密結社啃了一段時間，移開書架才發現那一面磚牆上被挖了通往外面的小洞。

友人K問我白蟻到底是長怎樣，他家最近也發現在天花板、木頭地板的隔層縫隙有著小土丘，他懷疑可能是白蟻。我形容了一下我所知道的白蟻：「夏天傍晚成群在路燈下飛，交配大約一個小時後，掉了翅膀到處亂爬。會鑽進住家產卵。而小時候家裡時常在這樣的季節，在燈泡下擺一個水盆，白蟻們便被水盆裡的反光吸引，飛進水裡淹死。」

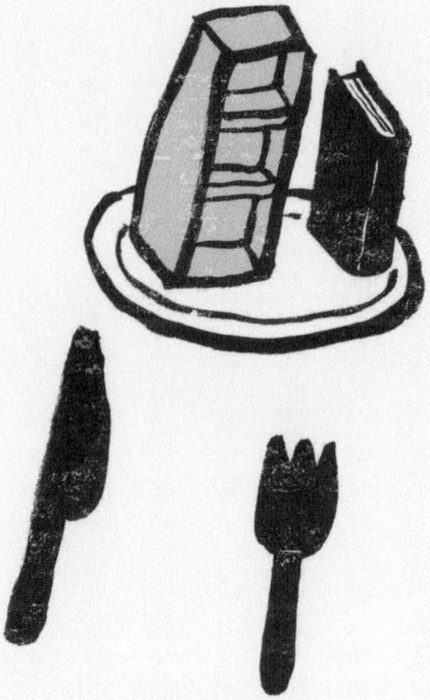

為了避免說錯，我又查了一下關於白蟻的資料，農委會出版的《台灣昆蟲》裡對白蟻的描述，「成蟲體長四點五至七點五公厘，翅黑褐色，頭部中央略凹陷，念珠狀觸角十六至十八節，故凡與地面相接觸之木質品，如電桿、枕木、家具等，皆易受害。」而維基百科倒是比較好懂，「飛蟻（又名大水蟻），飛蟻出現於晚上，喜好燈光，在下雨天出現。約在下雨天會長出四隻小翼。準備交配繁殖。長大後則會變成白蟻，會蛀空木材，可造成巨大破壞。」在德語中，白蟻又稱「Unglückshafte」，意為「帶有厄運的動物」或「帶來不幸的動物」。

我一邊處理著白蟻，一邊抱怨起海島，夏天又熱又溼，沒開除溼機或冷氣的話，書或紙張就會變成軟軟的，帶著一些水氣。首先把書架上的書撤下，從最在意的幾本書開始檢查，白蟻們倒是很識貨地從紙質最好的幾本書開始啃，銅版紙類還先跳過不吃。我用吸塵器一本本吸著上面的白蟻及貼在表面的小土丘，眼淚都快流下了，被咬得嚴重的那幾本，側邊有著不規則的小波浪，先生安慰說，看起來有點像特別設計的裝幀，只要把書上的小土丘清除乾淨，別人搞不好會以為是故意的。

台灣早期很多老房子都是木造的，通常發現小土丘在牆上經過的痕跡時，木頭已經被咬成中空了。儘管外觀看起來還是完整的，輕輕一掐，裡頭幾乎空成像是一條隧道。《台灣昆蟲史話》提到：「從地方誌記載可知，白蟻自古即是台灣很重要的一種害蟲。」台灣位在炎熱潮溼的熱帶至亞熱帶，在此棲息的白蟻種類不少，尤其高溼地域又是特別適合多種白蟻的棲息地。以日治時期的一篇〈白蟻吃掉台灣〉報告名稱就不難想像當時白蟻猖獗的情形。

這讓我想起和一位住在北投老房子裡的版畫家朋友的對話，有一回他皺著眉頭說，「昨天我發現我的木板和一些作品被白蟻吃掉了。」當時我並不真能體會他的感嘆，不大了解白蟻的能力到底有多可怕，最近突然能理解他有多慘。

被啃過開了洞的書架，結構也變得鬆鬆散散，於是我們把它拆了。因為牆背後是山壁比較溼，就不再放書架。牆上的小洞補起來後，先生幫我趕工燒了鐵，在另一面不靠山壁的牆上，做了書架，這一回結構是鐵製，上面放著木板，我把書一本本放回去，時時留意著溼度計，保持乾燥。

住在山上昆蟲特別多，我通常抱持著與蟲和平相處的態度。但經過這次，白蟻被我放在一個特別的位置。我當然也不願意對某個物種帶著敵意。甚至以前還認為牠們挺可愛的，成群在路燈下交配，浪漫地只顧享樂開著性愛派對，做愛做到死去。哪知道，產下了卵孵化後，竟然會在我的書裡寫起一大段家族的繁衍史，唉……（2009.06）

# 我和昆蟲的夏日

剛剛才在院子裡發現一隻大肚子的母螳螂，綠色倒三角形的頭，眼神相當銳利直盯著我們看。我家的貓舉著右手，螳螂也不甘示弱伸出鐮刀，氣勢一點也不輸貓，兩邊各自忙著進攻、退守，彼此對揮了幾回合，或許是因為雙方都很害怕，並沒有造成任何傷害。

聽說螳螂視力相當的好，在對戰的停頓點，好幾次她轉過來打量我，認真搜尋我的臉，和我眼神對上，雖然一副昆蟲臉，但在眼神交會互相打量的瞬間，突然覺得她似乎有些想

法，像對著我說：「別愚弄我。」這倒是我家小貓不曾出現過的眼神。或許因為她是位母親，也或許她是隻螳螂，螳螂是可以為了繁衍下一代，一邊交配一邊為了懷孕的養分把先生的頭給吃掉。最後我找了個紙盒，把這隻兇悍的孕婦裝到較遠的草叢放掉。走出門口碰巧看見一隻死去，模樣瘦弱的公螳螂。

最近剛種的金桔樹，葉子被啃成鋸齒狀，上面留下黑黑的糞便，不知道兇手是哪一位，來來去去的昆蟲太多，這是牠們生活的地方。而我的桔子樹就只是少了幾片完整的葉子，看起來還滿健康的。倒是因為之前曾看了自然農法的栽作方式，覺得泥土上少了一些雜草，有點寂寞。

前一陣子日本的電視節目，有一個企劃專題，介紹在鄉下過著自給自足生活的人們，有一些原本是都市人，因為身體出了狀況或生病等某些原因，選擇到山裡或鄉間去，他們自己蓋房子、吃自己種的菜和米，將物質的需求縮減到最少，過著簡單的生活。

其中有人的耕種方式是採用自然農法，不處理雜草、昆蟲，用無為的方式讓土地保持原始的狀態。例如一般如果種高麗菜，土地上只看得到土壤及蔬菜，而自然農法的耕作方式，蔬菜卻不只一種，而且作物還會出現在一堆雜草堆裡，土地被植物自然包覆，看不見赤裸的土壤。或許需要經歷更長的時間來實現友善環境的生產方式，速度緩慢卻覺得景象挺浪漫的，在看似混亂的雜草堆中尋找要吃的食物，取走需要的部分。

提倡自然農法的福岡正信在《一根稻草的革命》中提到，人不應該為了節省成本或者更有效的生產，而想取代自然扮演控制主宰自然生態的角色，他主張不墾地、不施肥、無農藥和不除草，也可以有效率地取得食物並且還可以販賣給人們吃。他認為近代的農業發展，人類往往把自己想得過分偉大，其實耕種時就算不管它，作物也會自己結果、繁衍，我們該研究善用自然界中原本的習性，他實驗了一些能一樣有效生產，且對環境和人類都友善健康的耕種方式。

我在想，畢竟每塊土地的風土條件都不盡相同，但文明進步，是不是該改走一條對的路徑。慣行農法總是想凌駕自然，把精力花費在研究有毒的農藥肥料上，老是去測量該殘留怎樣的微毒劑量是合法的，不至於立即發病，卻仍然一點一點的食用混在其中不該吃下的毒藥，是不是該想想別種方法。

自然農法裡同時也思考到面對自然該如何去拿捏生命的輕重，或者昆蟲與植物的好壞，或許對人來說無用的植物，對昆蟲及自然卻是好的。這讓我想起一個故事，有一隻老鷹被抓到，國王說我願意取代那隻老鷹，於是他割下一隻手臂，秤了秤，重量不夠，他又割下另一隻手臂，重量還是不夠，加上了兩隻腳還是不夠，最後他整個人放上去。這時候才發現在天秤上老鷹和國王是一樣重的。

在這炎炎的夏日，我一面聽著蟲叫，一面發呆思考，遊走細細觀察，多少可以忘了惱人的酷熱。我和我的昆蟲夏日，有時就像《昆蟲記》，法國作家法布爾（Jean-Henri Casimir Fabre）準備了一個荒石園（L'Harmas）給昆蟲生活。他的荒石園荒蕪不毛，亂石遍野，在春天偶爾下雨長出一點草時，綿羊還會到他的園子裡啃草。被人嫌棄的荒涼地，長滿了矢車菊，卻是昆蟲鍾愛的土地。他花了三十年仔細觀察在荒地裡生活的昆蟲，並用文學筆法生動且有趣地記述下來，寫成了十冊的《昆蟲記》。

或許該留下那隻母螳螂，好好地觀察她和快出生的小孩們，幫一個堅強的單親媽媽寫下故事。也或許該好好找出啃我金桔葉的兇手，不過留下糞便的那位，或許和啃葉子的又是不同隻。（2009.07）

# 貓尾巴

谷崎潤一郎在〈厭客〉裡談到貓尾巴，他說希望自己也有一條貓尾巴。「牠以尾巴回答的方式，意味有一種微妙的表達方式：出聲相應太過麻煩，默不作聲又太失禮，就先用這種方法打招呼吧！……那慵懶又善體人意的複雜心情，藉著這簡單的動作，巧妙地顯現出來。」

我很喜歡談論貓尾巴的這篇，和谷崎潤一郎同樣的，一天能振作起來工作的時間不多，一旦專心投入畫畫或思考，實在不願突然被打斷，若此時出現打斷思緒或工作的人事，真令人想皺起眉頭嘆口氣，關於被打斷的回應，總難拿捏到底該如何才能恰到好處，如果此刻真有貓尾巴能搖一搖稍作應付倒也不錯。但是貓尾巴用來應付大人是可以，對付起沒理智的嬰兒還真是沒辦法，當你無奈地對他搖起尾巴，嬰兒可能還會狀況外的抓起來啃。

而最近即使長了貓尾巴也無用武之地了，畢竟在電腦、手機面前，即使搖擺起那恰當應對的尾巴，也沒有人看得到。

這十年來，媒體大大影響生活及和朋友間的溝通方式，從手機、掛在網路上互相招呼的msn（已停止服務），到現在朋友之間常用的Facebook、Twitter……。似乎越來越不需要直接碰面就能了解近況，不必主動問候，透過不斷更新的網頁，便能窺探對方的近況。大夥聚集在網路上透過簡短細碎的句子、圖片，透露出日常生活和態度，再互相留言交談、問候。

有時候現實生活中很少見面的朋友，透過臉書分享照片、文字，便在意識上參與認識對方的生活、觀點，再見面時就像對彼此的近況沒有中斷，可以閒話家常。也有好久沒見面的朋友，透過網路默

默地關心彼此，熱絡地互相留言按讚，卻好久沒有真正坐下來面對面聊天了。

網路取代了過去真實面對面的溝通方式和距離，即使生活在不同的城市，或是隔著大半的地球，也能無時差無距離地及時回應。但這便利的對話方式，卻也刪去一些過去感官經驗上的真實感受。李歐納．科仁（Leonard Koren）在《Wabi-Sabi：給設計師、生活家的日式美學基礎》裡提到，「……特別因為我們現在面對數位化浪潮，正以加速度讓我們的感官經驗變得一模一樣。電子『閱讀器』擋在體驗與觀察之間，所有一切毫無差別地被編碼成零與一。」

對話間原本會有的五感經驗，眼、鼻、口、耳、肌膚，凝視時對方的眼神、觀察每一句是如何牽動彼此的表情，肢體動作接觸、透過聲音語調感受情緒，還有氣味。在網路電腦的世界，只簡化剩下文字，表情包含在文字用詞裡，透過文字或符號來形容表情感受。雖然回應的速度變快了，但也隨時可以中斷或離席分心做別的事。而不專心的一心二用或隨時離開座位終止對話這件事，大家也越來越能接受，並習以為常。

不過，我還是覺得朋友之間真正的交往，是無法被便利的網路取代。幾個好友一同坐下，喝點小酒吃點簡單的小菜，聽著喜好的音樂，注視著彼此聊天，如果是好久不見，一開始或許氣氛還有點僵，但通常寒暄幾句過後便可以進入狀況，談開了，大家爭著說話，一下對話交錯，一下又全部聊著相同的話題，不認同時客氣地皺皺眉頭又或者發表自己的意見，有同感時哈哈大笑，直接面對面盡情分享彼此的感受。有時因為談天徹夜未眠，稍不注意就天亮了，雖然疲倦但因為話題投機，整夜仍振作著精神。

我有時候會想著，或許在這個時代，手機和網路就是一條超級無限長的貓尾巴吧！

（2011.09）

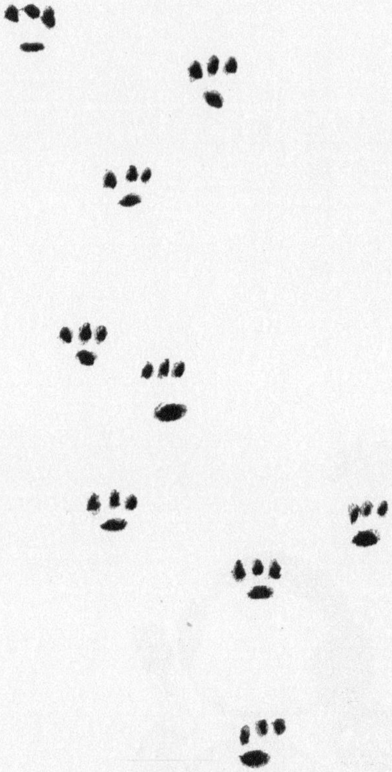

# 媽媽們來搖滾

因為好心學弟的贈票，這個月去聽了一場表演，主題是有關於人權，「小地方音樂季」（SMALL PLACES TOUR 2008）。小地方指的是人權要從小地方開始，他們唱了一些歌，希望能讓聽眾思考社會中存在的各種不平等或被迫害犧牲掉的弱勢族群，期待大家能有更多的憤怒、同情或者關注，成為一種改變的力量。

在音樂會中，我們喝了點小酒，聽著一些已經知道或是還沒有設身處地想過的音樂。不過其中大部分是已經知道的事，有的是十幾年前的歌曲，而十幾年前就發生的不滿，到了現在聽，問題或許根本就還沒有好轉和改善，仍然可以套用在當今台灣社會現況，讓人覺得憤怒也無奈。

那天不同的是，輪到「林生祥和大竹研」*表演時，林生祥在唱〈轉妹家〉（回娘家）歌前先引言，歌的起源是因為作詞者鍾永豐聽到媽媽們的聊天，有一個姑婆在快要往生時，交代身邊子女的最後遺言，不是後事要怎麼處理，也不是遺產要怎麼分配，而是希望可以在過世前趕回娘家。因此〈轉妹家〉裡的歌詞是嫁出去的姑婆好不容易回到了娘家，卻是已經意識不清快要過世，娘家的親朋好友都趕來祖堂看她，呼喚她的名字，「我的姑婆，艱心到老。歡喜快樂，何時有過。姑婆最盼，回娘家。心頭鬱卒，訴苦發洩。」直到現在我寫出來都還是覺得難過，那是一種東方，甚至是大部分台灣媽媽都能理解的女性鄉愁。

台灣早期的老一輩，因為當時環境不好，至少我身邊的長輩，有機會受高等教育的非常少，他們學習知識、技能和價值觀的方法是和長輩一起生活，有些是很古老就遺留下來的思想、價值觀，尤其是對女性的身分和角色認知。早期農業社會嫁女兒，可以拿到聘金，是另一種形式將女兒買賣。而養了女兒大半輩子，一旦女兒嫁人就是別人家的媳婦，就成了別人家的。

小時候奶奶教我們，男生可以不用做家事，洗碗、洗衣服都是女生應該做的事，於是爸爸和媽媽工作了一整天回家後，媽媽還得拿剩下的時間處理家事，對奶奶來說沒有什麼不對，她覺得很公平，因為以前她也是這麼過來的，奶奶和媽媽都一樣結婚後就不太能回娘家過夜，因為她們已經是嫁出去的女兒。

和L聊到這部分，我們的媽媽們生活中花費了不少時間在準備祭品，謝神拜佛，祭拜祖先和那各種習俗，L說有一次他奶奶在拜拜時，他挑釁地對奶奶說，拜拜有什麼用，我們還是一樣的困苦貧窮，那些祖先真的能改變嗎？奶奶說，她也不是真的相信祖先能改變什麼，可是這是古早就留下來的傳統，大家都這麼做，她不能撼動也無力改變，奶奶不想要質疑，要的只是能安心、維持現狀的生活，大家都怎麼做，就跟著做的生活方式。

小時候我也曾經因為在這樣的氛圍下，深深以為將來只要結婚生子就得放棄我的工作，在家裡相夫教子。而男生一定得擔起一家之主的責任，好好地工作養家照顧妻小。這個觀念一直到了大學，才慢慢被推翻，有天突然覺悟先生不是非得一定要養太太，而女人也不一定要在結婚生子後就捨棄自己的工作，中斷自己追求的理想。

這想法上的轉變讓我覺得滿可怕的，過去存在了幾十年理所當然的價值觀，那些在過去生活中被潛移默化塑造的鐵則，一旦有一天想通時，再回想卻完全不能理解認同。我很疼惜老一輩的媽媽們，雖然她們有時候顯露出滿足的表情，但如果她們有權利選擇，受另一種教育或在不同於父權社會的環境下，她們還會過一樣的生活嗎？

關於人權有些或許和政治環境有關，令人無力。但也有很小很小，簡單到就和自己的媽媽或者自己有關。我希望媽媽們一起來搖滾，對於既有存在的價值觀提出質疑，了解自己有哪些選項，有哪些權利做和大家不一樣的選擇。（2008.12）

＊「林生祥和大竹研」，主唱．作曲林生祥／作詞鍾永豐／吉他手大竹研（Ken Ohtake），林生祥早期組過「交工樂隊」和美濃農民反對蓋水庫，《種樹》專輯後和日本的吉他樂手大竹研合作表演，歌曲內容通常以客家語言和農民觀點為主題。

# 一年一部很棒的電影

在台北十一月的問候語，通常是你今年有看到什麼不錯的電影？或者你選了哪些片？

到了十一月，因為金馬影展，整個月可以用的時間是零散的，工作無法一氣呵成，到了某個時間，中間塞場電影，手邊工作就得停擺。看完後腦子裡又塞滿電影中的氛圍，遲遲無法回到現實。這個月在台北，愛電影的人，上班族準時下班，甚至請假，學生們放學後趕場衝到戲院。戲院的門口，各種不會遇到的族群突然間湊在一起，老文青、新文青、上班族、大學生、穿著制服的高中生、還有無法歸類的某些怪咖……，放在同一部電影前面，大家在不同的時間點嘆氣、有人笑、有人哭，當然也有人會不小心地呼呼大睡。

開演前，我們會遇見很多熟人，有好久不見的朋友，也有每年都看到卻不認識的，有的朋友甚至只會在金馬影展不期而遇，一年見一次。不過，有時候平常很好的朋友，卻一整個影展都遇不到（雖然挑了很多片，卻沒有一片是一樣的）。

金馬影展在台北是一大盛事，行之有年，雖然近幾年也有大大小小的影展，一些非主流電影的取得也不像以前那樣困難，但每年看影展似乎變成一種習慣，一種默契代代相傳。聽前輩們說，十幾年前因為幾乎沒有其他的影展，如果要看一批非主流的片子只有金馬影展。也因此每年到了十一月，各地的大學生，都會因為影展聚集在台北，蹺著課猛K電影，而且套票開賣的前一晚，班上的同學就搭著帳篷輪流去佔位。幾年下來，過去的大學生都出社會了，有的繼續，有的也跟著畢業。在影展中可以遇到不同的年齡層，從年輕看到出社會。

看影展，選片是一大學問，因為通常是事先買好套票後，就先挑場次劃位，所以片子幾乎都沒有人看過，甚至你這次影展沒選到，未來或許也沒機會看到（有些電影因為市場考量，上院線或發行DVD的機會有限）。選片只靠一本小冊子，裡頭對於影片的介紹不過短短數十行字，和幾個影評人推薦，只能依著導演和獲得的獎項來推測內容，像偵探一樣憑藉著手上僅有的線索，來推估你有的時間和電影票值不值得投入。

通常我和男友會先各別選片，再來篩選，有時候挑到同一部，很多時候選的都不一樣。線索就憑冊子裡的一張劇照，和幾段文字，互相爭論誰選的比較好，不過一切的結果要等到看完片子才知道。像今年有部電影，《血色入侵》（Let the right one in），電影介紹寫魔幻寫實、被欺負的小男孩……，選的時候沒有任何線索顯現是一部吸血鬼電影，當片子演

到生病的小孩透露自己是吸血鬼時，你組織前面的一些片段線索，才和男主角一起發現原來如此，倒抽一口氣。

發現整個電影院都同你倒抽一口氣，集體發出些微的驚嘆聲，喔……原來如此（大部分的人，都不知道自己選到的是吸血鬼片），這跟看完好萊塢預告片，就可以猜測整部片重點的選片經驗完全不同。看完電影後我們會聚在朋友的咖啡店裡，討論今天看到的電影，互相推薦、交換意見。

今年最好看的一部電影是《雪季的等待》（Snow），電影是講一群波士尼亞戰後的太太們，先生因為戰爭都沒有歸來，她們抱著可能沒有人會活著回來的心情等待，一個邊緣的村落，村裡主要的生產力都沒了，媽媽們只好做著果醬用推車拿去公路上賣。但村莊離城市太遠，這時遇到一個送貨的司機答應可以幫忙載她們去城裡，而等待送貨人的前一天，來了外國的集團想買下整個村莊做渡假村……

片子是出自一位首次執導的女性導演，裡面的情感相當細膩，整部片拍得恰到好處，該切的時候切，不會讓你覺得濫情，狀似日常生活又充滿很多暗示的語言，充滿層次和幽默感。我很少因為戰爭的題材太感動，或許是離我生活經驗太過遙遠，但這部片是等待的家人，女人和小孩們日常生活中細細的情感，很直接地、真實地觸動到我的心，大部分看電影的時間，都在椅子上默默流淚。其實，我很怕在電影院哭，會忍著不想被四周的人發現，於是觀影時我像游泳溺水一樣，淚水幾乎塞滿了我的呼吸，很久沒看到一部這麼催淚的電影，很有趣也很感動。

今年的影展又結束了，我有一種感嘆，一年能遇到一部覺得很棒的電影，就非常幸運了，繼續期待著好電影。（2008.11）

# 對食物的想像

那天因為急性腸胃炎的關係，躺在床上肚子疼得不得動彈，恰巧台北愛樂電台播放法國作曲家德布西（Claude Debussy）的《月光》，鋼琴聲中優美的旋律，像隱約能看到銀色的月光灑在河面閃爍的倒影。主持人在演奏完後接著介紹，「這是德布西在晚年患了腸胃癌時，所創作的音樂。」這時發自內心敬佩起德布西先生，我只是小小的腸胃炎，就已經無法工作，他卻還可以創作出美好的音樂。

連續好幾天都是白粥、白吐司、白麵條裹腹，雖然身體沒辦法消化美食，但心裡卻念念不忘那些美好食物的形象，就連削下的蘋果皮，都透明漂亮得像是玫瑰花瓣。

如果在這當下要我作一首曲子，我想大概一定會作一首和食物有關的音樂，來自食物的各種聲響。大概是敲擊樂器的開頭作為前奏，像日本電影《海鷗食堂》中，在芬蘭開食堂的

女老闆，小心拿捏裹著麵粉的日式豬排，慢慢地滑入油鍋，起初是隱隱的噗噗聲，接著發出短促吱吱啪啪的油炸聲。再來拿起長筷子把油化開，夾起炸到金黃的豬排，放在深茶色砧板上，用刀子切開，發出清脆的喀喀聲，那是菜刀敲擊到砧板加上金黃麵衣被切開的聲音。接下來是綿長的音樂，因為正在慢慢咀嚼食物的美味。

吃到令人愉快的食物，血液慢慢從腦袋跑到胃，頭有點暈暈的但舌尖卻是滿足。通常此刻我會發自內心地油生一股活著真好的念頭，令人瞬間樂觀了起來。吃除了裹腹飽食外，從小到大愉快的慶祝活動也總離不開食物，從生日時要吃的生日蛋糕、豬腳麵線、朋友聚餐、結婚喜宴、和家人過節的料理……

最深刻和食物有關的記憶之一，是前幾年的一場飯局，萬華大拜拜時媽媽豐盛煮了一大桌的菜，不經意地提起明天就順道請妳男友來家裡作客吧，那是爸媽和男友的第一次見面。大家坐在圓桌上，圍著滿桌的菜餚，開始是客氣的寒暄，接下來為了想保持熱絡，爸媽就開始介紹起桌上那幾道食材的由來，今天是如何上市場挑貨、準備時下了什麼工夫……。飯後我帶著男友在家附近散步，或許是那頓飯吃得太緊張了，走在路邊我忍不住反胃，把剛下肚的美味全都吐了出來。

不過如果氣氛是輕鬆的，用美食慶祝是最簡單又愉快的方法了，對海明威（Ernest Miller Hemingway）的最初印象都來自他對食物的介紹，依稀記得村上春樹曾說過海明威是最會描寫食物的作家。在《流動的饗宴》中，他和新婚妻子住在巴黎的小公寓，生活過得很窮困，有收入時他們會準備這樣的晚餐：用奶油燒烤豬肝，用剩餘的肉汁炒火腿；另外，在烤好的豬肉淋上一圈檸檬汁，最後撒上荷蘭芹做點綴。讓人不由得覺得貧窮偶爾的好日子是那麼美好和浪漫。

腸胃不好的這幾天，從喝咖啡到吃都被限制，只能看著別人吃，聞聞香氣。雖然不會餓著，但總覺得生活少了一些樂趣。最近吃到最好吃的，是連著好幾天的白稀飯後，吞下的第一口白米飯，熱騰騰的，咬起來粒粒分明，香Q有嚼勁。

對食物的滿足感，或許有時候只是在那細微的差距，天天吃美食的人或許還體驗不到其中的喜悅。是第一口沒嘗過的滋味，或者跳升到另一個等級，口感經驗上的差距，就像海明威和妻子久久的一次大餐。（2009.11）

# 雨過天晴

朋友寫了一封信來，她目前住在山上，正在協助受到莫拉克風災影響的部落復原重建，借住家庭的小女兒叫「Sya」，排灣族的話是指紅色的天空，因為她出生的那一天，颱風讓天空變成罕見的紅色。

每年從夏天到秋天結束前，總會有好幾個颱風相繼而來。颱風來的前幾天是萬里無雲，天空異常的藍，雲層移動的速度非常的快，像被按了快轉鍵般，一點也不像大風雨即將來襲的樣子，但我們都知道這只是風雨前的平靜。這段期間，大家關注的氣象報告，是中颱、還是輕颱，小心翼翼地進行各種防颱準備。

如果是住在都市的人倒還好，頂多固定門窗，收起盆栽、準備一些乾糧和停電用品，待在家裡，吃吃喝喝地享受難得的假期，看著颱風動態的新聞，外頭天氣只是風雨大了些。除了有幾回台北也淹過大水，地下捷運站裡滿滿都是水，水抽乾了才能通車。相較起農夫和住在山裡那些看天吃飯的人，每一次面對颱風，則都像是如臨大敵般戰戰兢兢，畢竟每次颱風都造成不小的損害。

今年的八月八日父親節，莫拉克颱風經過台灣。八里山上刮著大風，挾帶著雨水，一陣又一陣用力地摔打在地上，沒一會兒山上的供電系統可能被大風吹垮，停了幾個小時的電，我們點著小蠟燭，等待著電來。周遭因為停電的關係變得異常安靜。

由於好幾個月沒下大雨，水庫缺水告急，一開始大家還對這次颱風即將帶來的雨量抱持著期待和歡迎。哪知道轉開電視才發現，一年份的雨量集中在這三天內落下，中南部和東部都淹在水裡，災情甚至比一九五九年的八七水災還嚴重。

連續好幾天，風災新聞影像都沉重得令人食不下嚥。即使不是親身經歷，作為一個旁觀者，也無法消化那些情緒。電視裡的老百姓不知所措，遇見官員們紛紛激動跪下，近乎歇斯底里地哭泣拜託、卑微地請求能協助他們找到親人。電視新聞不斷重播，在知本溫泉區，洪水掏空沿岸的地基，一棟飯店像個火柴盒般傾斜，倒入在混濁的大水中。

尤其是高雄甲仙山上的小林村狀況最為嚴重，一夕之間整個村莊被土石流掩蓋，消失在好幾層樓高的泥漿堆中。四百七十四個人被活埋，來不及逃走，埋在土石堆裡的有大人也有小孩。在祭拜的法會上，有一位班上從十四個同學只剩下三個同學活著，被採訪的三年級小學生，面對死去同學的遺照，近乎超齡地吐出「希望他們一路好走」，看到那樣年紀的小孩，卻要面對朋友、家人們的死亡，令人不捨與難過。

住在山裡的原住民說，以前山裡的路只能一台摩托車經過時，從來沒有發生過什麼土石流，後來道路逐漸拓寬為大馬路後，只要下了大雨總會有一些地方坍崩，諷刺的是當初這些產業道路的興建，並不是為了村裡的交通，而是為了讓平地上來的大卡車載走一車車的珍貴樹木。

連日關注著這些影像、文字，除了難過、提供自己的力量去幫助現在發生的一切外，我有時在想我們還能做些什麼。被淹沒的幾個地方，有些是我曾經造訪，腦海仍留有熟悉的景象，有些是住著朋友。我們是不是該檢討找尋新的方法和自然和平共存。

這幾天大水開始退去，大家也開始整理家園，期待一切能雨過天晴。（2009.08）

# 我過世的拉拉

拉拉有一個菜市場名，毛色是金黃色的，身材中等。看起來像是毛有點長的拉不拉多，笑的時候會露出舌頭，有一點一點的黑色舌斑，有朋友說牠應該有混到土狗吧。我們和牠一起經歷從年輕壯年到老，直到去年端午節去世。

## 最初

拉拉是我認識最聰明的狗，在外面流浪過的

牠，會偷開冰箱、櫃子，用腳幫忙去竹籤吃串燒。對事情有期待時，拉拉會興奮的用鼻子發出悶悶的「ㄣㄣ」聲，一旦如牠願，例如要出去玩或者吃好料的，馬上得意的邊跳邊大叫，「汪汪」聲帶著一點催促的語調。如果這時候你拒絕了牠，拉拉會瞬間跌入谷底，原地定格像一尊雕像般，一動也不動地如失了魂。

先生說撿到牠的時候，拉拉已經是一隻成犬，不知道幾歲。全身瘦巴巴的營養不良，身體皮膚病很嚴重。不過我認識牠時已經是一隻漂亮的類拉不拉多了，唯獨牠對人防禦心很重的眼神依稀透露出曾經流浪過的線索。

和拉拉剛認識時，我也才和我先生交往不久，有一次帶拉拉出門去，散步到中途牠突然用力甩開我的繩子，一溜煙地跑不見，當我狼狽、擔心地走回家時，卻發現牠老神在在一副事不關己的模樣，窩在自己的狗窩裡。當時我便暗自下定決心，一定要好好「征服」這隻小動物。

雖然在這之前，我從未養過狗，也不知道該怎麼馴服。我想了一個最簡單的方法，就是每天固定時間帶牠去散步。一開始拉拉還不肯配合，不太理睬我，持續了一個月，某天突然間發現散步的時間到了，拉拉看我的眼神和以往不同，全神貫注我的動作，用鼻子悶悶地發出聲，期待與我散步。從那一刻起，我發現自己對牠來說是特別的存在，那是我第一次被動物信任。

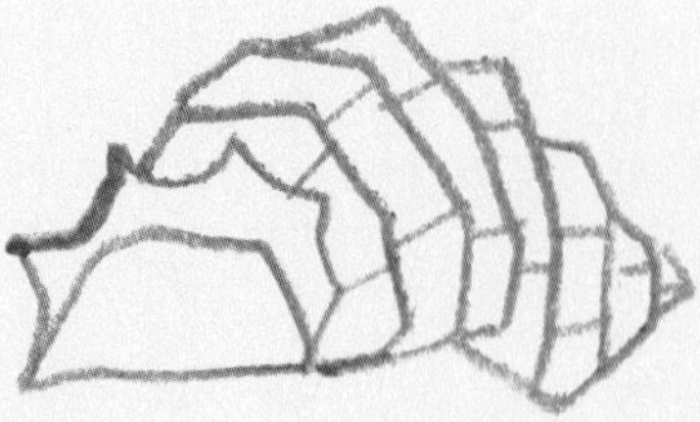

寄居狗屋，一共用了 372 根木頭，每段木頭角度 10 度。
狗屋裡面裝一盞燈，照明兼暖和。
拉拉沒有出去玩的時候，就待在牠的窩裡睡覺。

## 寄居狗

我們養了牠大概第五年時，有一次帶牠去墾丁玩，在民宿裡我們和拉拉同住一個房間，牠老是趁我們不注意時便想偷偷爬到床上睡覺，倔強地趕也趕不下來。回到八里後，牠似乎也想爭取自己的獨處空間，不時會窩在廁所或者工作室置物間的二樓，於是我們便想，該為這個孩子打造一個屬於牠的房間了吧。

先生設計了一個貝殼形狀的狗屋給牠，當拉拉住在裡面把頭探出看我們時，會很像一隻寄居蟹。拉拉每天睡在裡面，二〇〇九年初因為有點髒，還上了一層白漆重新粉刷過。

## 最後

拉拉已經過世一陣子了，三歲的兒子點名家裡的成員有誰時，仍然會包含拉拉。有時候他會問我，拉拉去哪裡，自問自答說：「拉拉是不是自己去公園玩，還是去找牠的爸爸媽媽了。」

拉拉是在兒子兩歲時過世的，我很替兒子感到可惜沒辦法經歷拉拉最好的時期，過去充滿活力的牠，後來變得年邁多病。不過幾年前，拉拉還可以跳過高兩米多的圍牆，狗老得很快，眼看著年紀比我小的狗孩子，就在我們眼前慢慢地衰老，每天花很長的時間睡覺。

去世之前拉拉的四隻腿已經無法移動，也因為癱瘓的關係有了褥瘡，先生為牠做了一張吊床，但仍然只能眼睜睜地看著一條生命在眼前慢慢逝去。老實說，最後一個月我們很痛苦，每天都在落淚。只能說養一隻狗包含牠的年輕歡樂，但也包含牠的衰老和死亡。（2014.04）

# 對動物友善的城市

台北像被山圍起來的小盆子，切割成細小的巷弄，裝滿從其他城市來這工作、讀書的異鄉客。除了在這裡生活的人們外，還有街頭的貓咪、狗狗及其他平常不太留意的小動物，小小的城市，有著滿滿的生命一起共享，希望這好客的城市也能是對動物友善的城市。

前幾天看朱天心小姐在電視上討論有關流浪貓的議題。北一女的校園裡住著幾

隻流浪貓咪，一直有喜愛牠們的人默默在餵養。但家長會決議在暑假期間，要把校園內的流浪貓做一次清除，像處理垃圾般把流浪貓處理掉。

朱天心聽了覺得很不可思議，她對校長說，北一女一直以來是一個菁英學校，如果今天教導學生如此不尊重生命，這些學生將來長大成了鑽法律漏洞的壞律師或沒有醫德的壞醫生，學校沒有立場責怪她們，因為一開始在養成教育的過程中，就沒有教導她們尊重生命的價值觀。但我想即使今天不是發生在北一女，尊重生命應該還是一切價值的基礎。

因為養了貓後，也開始留意起街頭的其他貓咪。早期的街貓對人很有防禦心，躲在城市暗角，幾乎很難有機會可以和牠們接觸，其實街貓最常造成困擾的原因，不外乎是求偶時的哭號，公貓為了標記地盤做記號的撒尿動作。目前政府處理流浪貓狗的方式很消極，通常是將流浪動物捕抓後，便關入收容所，如果沒有人認養，幾天後便處以安樂死，用安樂死來減少流浪動物在城市中的數量。

但慶幸的是這幾年開始有一群人發起TNR計畫，TNR是英文trap（捕捉）、neuter（結紮）、release（放養）的縮寫，就是把一個群落的貓捉起來，進行結紮手術後，在耳朵上做剪耳標記，避免未來重複手術，再將牠們放回原來生活的地方。

一來是同樣能抑制流浪動物在城市裡的數量，二來其實貓只要被結紮後，就不太容易有發情時的哭號，也較不會有打架爭地盤、撒尿的動作，而且在都會或鄉間中的街貓，還能扮演好鄰居的角色，有效控制鼠害。如果仔細注意社區，就會發現街上有一些比較親人的貓咪，耳朵被剪下一小角標記，這些貓就是在TNR計畫中被餵養被剪耳的貓咪，遇到人後不再害怕地躲起來，敢撒嬌地繞著人喵喵叫。

至於一般人討厭貓的理由，常常聽到各種關於貓咪的壞名聲，例如貓很陰險、愛記仇、心機很重……。但給評語的通常是沒有和貓相處過的人，或許這些刻板印象來自我們從小看的卡通、童話、神話等種種故事中對貓形象的描述。

其實貓是一種很傻、很單純的生物，印象中的難以馴服、桀驁不馴，我覺得倒可以用村上春樹在《尋找漩渦貓的方法》裡提到的「貓是不懂得忍耐」來解釋。牠們的思考通常是跳躍的，上一秒依偎在你的懷裡，下一秒突然想到什麼便彈跳起來跑去遠遠的地方，又或者突然間想到什麼冷不防地咬你一口。我是不會說這樣毫無計畫，想到什麼便立刻做什麼的生物是有心機的。

兩年前自己養了黑貓，起初牠時常因為害羞躲在書架夾層裡，到現在當我畫圖或使用電腦時，常常得讓出一半的椅面供牠坐，養了貓以後才開始認識貓這種生物。或許不喜歡流浪貓有各種原因，但我想把城市變成只有人類可以居住也是不對的吧，更何況是用死刑來減少另一個不同於我們的生命。我喜歡這個好客的城市，也希望它對動物更友善更尊重。

（2010.05）

# 貓狗地圖

如果想要知道附近住著哪些狗狗，最簡單的辦法，就是牽著你家的狗，帶牠去繞一圈，即使隔著一道牆，牠們還是有辦法嗅出氣味，互吠打招呼。

平常和先生散步總會特別留意，出現在生活周遭的狗狗、貓咪。流浪狗群偶爾會從山邊的樹林冒出，過幾天卻又消失，只有平日有人在餵養的小動物們才會長久固定生活。一般狗群的地盤有多大，大多依牠們追機車的範圍估算，常會因為領袖的能力，影響勢力的大小。我們家附近就曾經出現過一隻厲害的大白狗，當時從我家算起的幾百公尺外都沒有其他狗出沒，等大白狗去美國後，住家附近開始出現狗群，連山下停車場的狗都敢跑到半山腰，還好後來有Kiwi一家繼承，才把家裡地盤鞏固下來。令人頭痛的是，院子偶爾會出現異常大的不知名骨頭，被家裡的狗咬著跑來跑去，因為八里附近多是墳場，總覺得怪怪的。（2009.06）

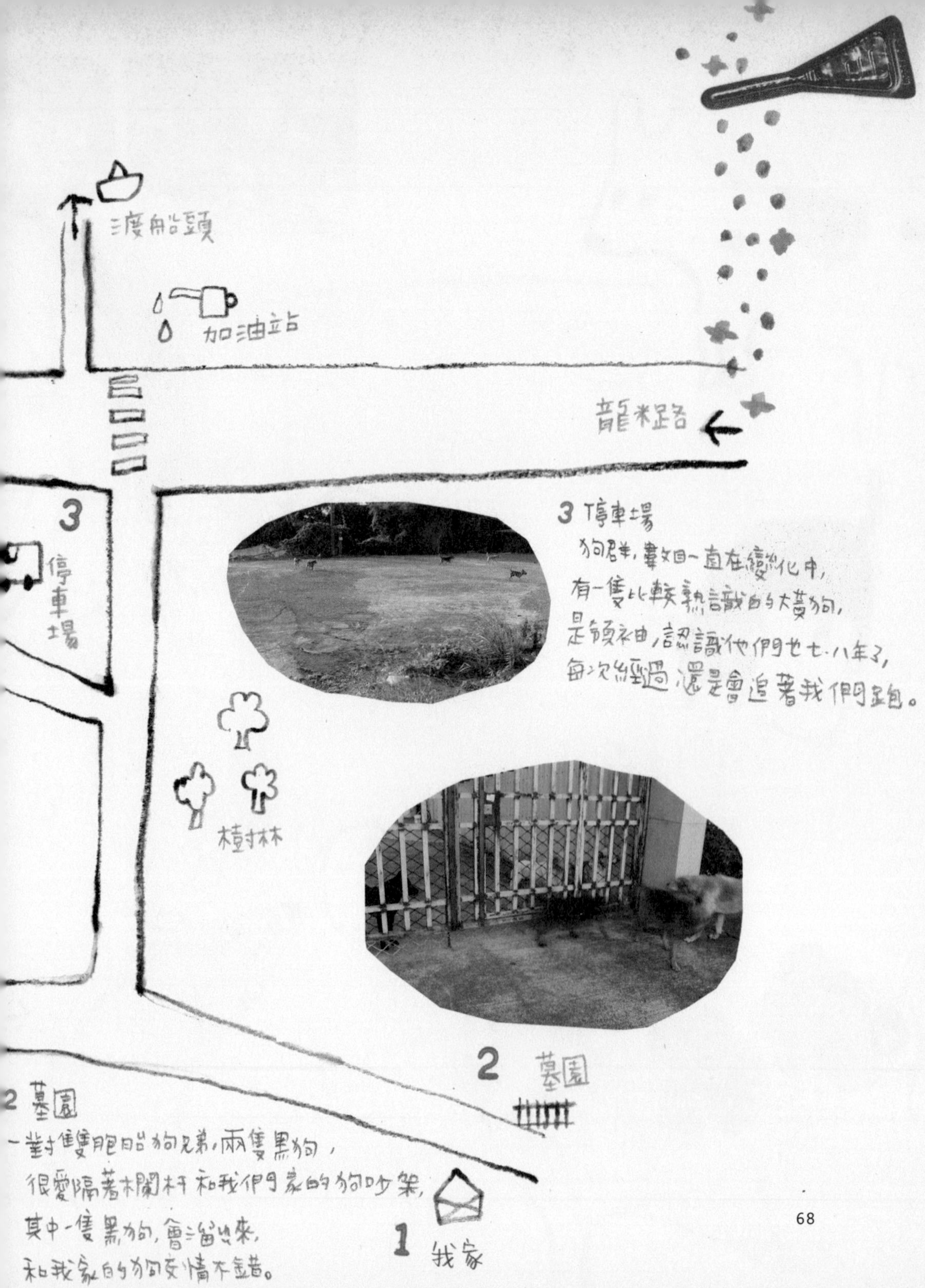


3 停車場

狗群數目一直在變化中，
有一隻比較熟識的大黃狗，
是領袖，認識他們也七、八年了，
每次經過還是會追著我們跑。

2 墓園

一對雙胞胎狗兄弟，兩隻黑狗，
很愛隔著欄杆和我們家的狗吵架，
其中一隻黑狗，會溜出來，
和我家的狗交情不錯。

7 機車行

花貓，女生，8歲

母貓在店裡的紙箱生下後，唯一沒走的。
小時候有眼疾的問題，現在被照顧的很好。
去找她的那一天，乖乖的坐在桌上，看老闆修車。

嘟嘟，男生

毛永遠是發亮，充滿肌肉感
原本認為該是獨一無二的，有一次他走丟了，
老闆在找的路上帶回一隻一模一樣的狗，
回家後才發現是母的，後來嘟嘟回家了，
母狗讓給想要的客人。

竹林

6 五金行的三色貓
女生，不滿一歲
小貓咪時，有一天開店她站在門口，
平常住在五金行裡，自由進出，
聽說附近有一隻黑色波斯貓
是她的好朋友，偶爾會帶回家過夜，
但我從來沒見過。

5
陳家莊

洋洋，男生，8歲
非常愛吃，去找他的那一天，
被主人鏈起來，因為現在是
竹筍的季節，
洋洋會去竹林裡挖竹筍。

觀音山

4 貓咪之家

路邊的老古厝，住著三隻黑貓、四隻灰貓、一隻黃貓，
除了餵飯時間會大集合還有出太陽的午後，
會瞇著眼睛，躺在路邊曬太陽，平常不太能看到全部。

# 明滅城居

台北舊城裡，
將要消逝的風景、聲音，
未來或許也會有新的、不同的
生活方式在這裡展開。

# 皮鞋店

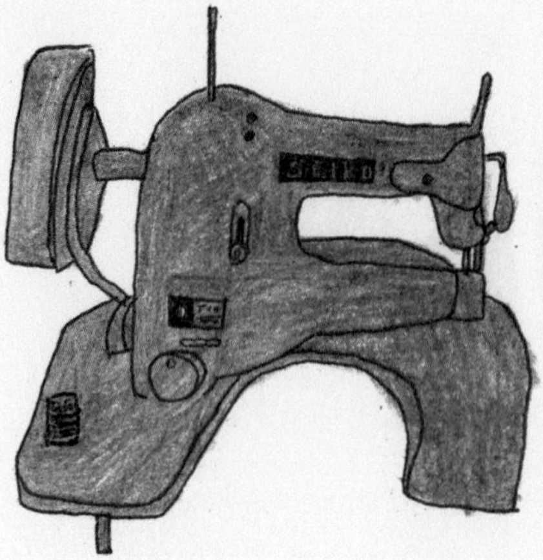

在萬華的華江皮鞋店裡，
製作皮鞋用的老裁縫機。

地上的汽車輪胎皮是拿來
換磨損的鞋底，非常耐磨。

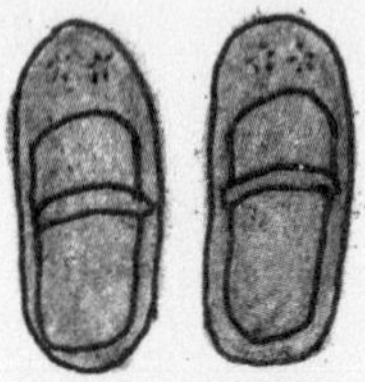

印象中小時候
的黑皮鞋。

用來修鞋底的道具，
使用時把鞋子套進去。

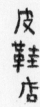

我喜歡東西用到舊舊的痕跡，像某種帶著暗示的短句，提醒當時所發生的場景，例如「牛仔褲、一點紅油漆」是和朋友一起粉刷牆壁；「襪子、補釘」是旅行時每天不停地走路，在短租的小房間裡一個人縫補。

我喜歡的東西一用就是幾十年，每一件物品都記得是從哪裡來的，陪我度過哪些重要的時刻。因此有時候物品壞了，我會先試著找方法讓它活過來。

不過小時候卻不是這樣的，記得小學開學的前一天，媽媽帶我到天橋下的皮鞋店，挑了一雙黑色皮鞋，中間用一條黑色細皮帶和小黃銅釦固定，除此之外的裝飾，就是鞋面上幾個鏤空的小圓洞。我不喜歡那雙黑色簡單的皮鞋，一點都不流行。不如夜市裡鑲著閃閃亮片，有著高跟的粉紅色鞋子好看，總是故意偷偷踩著水窪，或用力地踏步走路，巴不得鞋子快點壞掉，然後可以換一雙新鞋子。

長大後卻有點懷念那雙被我搞壞掉的黑皮鞋，想找當時的鞋子，卻連印象中的老鞋店也幾乎找不到了。媽媽認識的老鞋店，也幾乎不做賣皮鞋的生意。鞋店的老闆說，現在沒人要來買那種古早型的皮鞋了，主要生意是修理皮鞋，櫥櫃裡的皮鞋是很久以前的存貨，裝飾它曾是一家皮鞋店。（2008.06）

# 散步在夜市

凌晨兩點鐘我還在電腦前校正最後的稿子，住在郊區夜裡肚子餓，路上的小吃攤也大多休息了，頂多只能望著冰箱裡剩些什麼，或者開車到山下的便利商店買份微波食品。因為趕稿趕得頭昏眼脹，血糖低到腦袋暫時停擺，望著發亮的電腦螢幕，突然懷念起萬華老家旁的夜市。

小時候偶爾會故意不吃晚餐，到了凌晨再和妹妹偷偷地溜出家門，到附近的夜市吃些小吃，這時的攤販雖然變少了，但也有幾家小吃店才剛開始熱鬧起來，夜裡睡不著又餓腸轆轆的萬華人聚集在這裡，點份用高湯熬煮帶點油蔥酥香味的鹹粥再配上剛炸起的紅燒肉、蝦捲，沾著甜甜的紅醬汁，再配上幾片小黃瓜，吃飽後滿足地回家睡頓回籠覺。

萬華的老家，小學旁的大馬路，白天是尋常的冷清街道，到了夜裡就成了熱鬧的夜市。

接近傍晚時，攤販們開始陸續推著台車出現，整齊排列在大馬路邊，人行道上擺滿各種尺寸的小方桌和圓板凳，街道瞬間化身為一家家的小餐廳，老闆們在一米長的台車上，佈置著各式各樣的小招牌和菜單，小廚房裡忙碌地進行各種料理。因為學校就緊臨著夜市，放學後如果晚點回家，就得花多點時間穿越擠滿人群的夜市，再怎麼趕時間也只能在人潮中緩慢地一步步推進，和逛街的人群像是一輛人形火車般慢慢地往街尾通行。

要是不趕時間，逛夜市是件有趣的事，尤其是餓著肚子時，夜市裡充斥各種小吃的聲音和氣味，總讓人不知該從何下手。正被鍋蓋下吱吱作響的水煎包誘惑時，猶豫地往前走幾步，空氣一下又冒出了燒烤肉串的香味，再往前走些又是不同的小吃，像是一場選秀大會，各種食物使勁全力賣弄氣味等你上門。最後終於坐定選好，先來份蚵仔煎好了。

等待觀看料理食物的過程，也是一件樂事，看老闆在炙熱的大鐵板上，拿著勺子淋上一層薄油，放上幾顆蚵仔，肥滋滋的蚵仔和著油在鐵板上劈哩啪啦跳動著，老闆熟練地再淋上麵糊，一下子麵糊在鐵板上逐漸由透明轉為白色後，打顆雞蛋再鋪上青菜，迅速翻面，一份熱騰騰的蚵仔煎就完成了。

夜市裡多是人情味豐富的店家，沒有限帶外食的規定，你隨時可以發揮創意的混搭，口有點渴的可以向隔壁的攤位點份下水湯來配蚵仔煎，吃完後渾身熱氣。沒關係！再請附近的剉冰店送份豐盛的水果冰來消消暑，如果還不夠，再移動腳步往前進，一路上還有各式各樣不同風味的小吃等著。

即使是從小逛到大的夜市，每次逛起來還是覺得有趣。即使是同一條街，小吃攤賣的餐點也會因應季節有所不同，例如冬天是熱紅豆湯圓；到了夏天就變成剉冰、愛玉冰等。甚至同一個地點，不同時間賣著不同的小吃，清晨是清粥小菜到了下午變成了麵攤，夜裡又是另一家。也有歷經好幾個世代，賣了幾十年風味不變的老店，是我從小吃到大、現在回萬華仍偶爾會去光顧的那幾家，有些老闆已經從中年變成老奶奶，也有的已經是下一代在經營。而且通常這些老店，都能堅持住味道，不會令人失望。

寫著寫著突然懷念起散步在萬華夜市裡，那空氣中夾雜著各種熱騰騰的食物氣味。有空去逛夜市時，請暫時放下不能邊走邊吃的顧忌，一面散步一面欣賞小吃攤們賣力的料理，邊走邊吃邊尋找下一道美味。（2011.05）

# 冬天夜裡一池溫泉

台北的冬天，得注意氣象報告，免得出門後才發現穿太多或太少，前幾天還穿著薄外套，出著大太陽，感覺有點熱。等到寒流一來，一股從西伯利亞來的冷氣團報到，氣溫瞬間下降好幾度，大家立刻換上厚大衣、披著圍巾，準備一把傘，因為冷天氣總是挾帶著些溼氣，飄著一點毛毛雨，又溼又冷。

我的體質是屬於天氣一冷，腳底板就跟著變冰涼的那種，晚上往往得塞在棉被裡好幾個

小時，腳才會慢慢溫暖起來。或許是遺傳，印象中家人也都很怕冷，以前一到冬天，奶奶就會燒一爐木炭，上面鋪著一層灰粉，幾乎隨身攜帶，她人在哪，暖爐就跟著移到哪。小時候最喜歡坐在暖爐旁，把冰冰的腳放在上面烤一陣，一股熱氣便會從腳底冒起，接著身體就會熱了起來。

泡溫泉是寒流來時，最愉快的享受。第一次泡溫泉的記憶，大概是五、六歲，天氣有點冷。外婆說：「明天去北斗洗溫泉！」（北投台語發音似北斗）隔天一大早，天色還微微昏暗，外婆和我坐了好久的火車到北投，一出車站，空氣就瀰漫著一股濃濃的硫磺味，聞起來像是煮熟的茶葉蛋，附近流過的溪水到處是一團團上升的白色霧氣。因為小時候的距離感不可靠，我一直以為「北斗」位在南部，搭了一趟很遠的車，沒想到長大後捷運開通，只要幾十分鐘的車程。

走了一段山坡路，我被牽進一間公共浴堂，是一個石頭砌成的溫泉池子，記憶中覺得像是一個石窟，燈光有點昏暗，中間有一池滾熱的溫泉水，牆壁嵌著一個冷水的水龍頭，只能選擇泡熱水或澆一盆冷水。那是我第一次泡溫泉，外婆認真指導我泡溫泉的步驟，請我先在一旁用熱水和著冷水洗淨身體，再將身子泡到溫泉池中。因為當時年紀還小，我一面洗一面覺得困惑，完全不能理解箇中的樂趣，不懂為何要花好幾個小時車程，特地來到一個山洞裡的水池洗澡，而且水池還很燙、聞起來臭臭的。

長大一些，開始懂得泡溫泉的樂趣後，只要寒流一來，便會約幾個朋友或家人，一起去泡溫泉。把身體沖洗乾淨後，將脖子以下浸泡到池子裡，瞬間腦袋會暖呼呼的一片空白，全身毛細孔打開，精神舒暢，難怪日本人形容泡湯是「極樂，極樂」。我最喜歡泡熱水泡到受不了，站起來沖幾瓢冷水，把身體冷卻後，再下去泡第二次，一開始皮膚會像被螞蟻啃似地，有點刺熱有點癢，接著再度適應水溫後，又是一次舒暢，整個精神都來了。

冬天因為天氣冷總帶著一股倦意，但泡完溫泉後精神就會變得很好，溼冷天氣所引起的陰鬱，也會一起散去，泡完溫泉後的人，臉上總是掛著滿足的笑容。暖意可以持續到出浴後，感覺一股熱氣存在頸間，兩小時後才會慢慢褪去，像是穿著一層看不見的羽衣，即使戶外是寒夜，也不會覺得冷。

泡溫泉除了有各種屬性的溫泉可以選擇，還有泡澡的方式。個人池和大眾池，小時候最常和家人共浴，記得總愛和妹妹把大大的溫泉池當作游泳池，一邊泡著溫泉一邊游泳，長大後的青春期就是選擇個人池，在自己的私人池子裡泡澡，再到外面相等。

成年後第一次的大眾池經驗，是去日本旅行，那時住的旅館只有公共澡堂，我特地等到晚上十一、二點，想說人會少一點再去。去的時候還是有幾個年輕女生，或許是和我有相同想法，那一次和別人一起赤裸洗澡，並沒有想像中的尷尬，反而在公共浴池，因為是公開的，大家會更注重泡澡的衛生。

那次有趣的泡澡經驗，讓我開始迷上泡公共浴池，和要好的朋友或家人，一起去洗澡泡湯坦誠相見，變成冬天寒流來時的另一項樂趣。（2009.12）

# 過年

和先生開玩笑，平常的時間是給自己、情人、朋友。但農曆的新年從初一到十五元宵，二月的時間幾乎是給家人的，難怪二月這麼短。農曆的過年是從除夕開始，年夜守歲後接連著熱鬧慶祝，這個時段家族成員聚在一起，吃飯談天、祭拜祖先、感謝神明過去一年的庇佑。

聽南部的朋友說，南部的過年非常熱鬧，商家有時都照常營業，在我聽來有點不可思議。在台北，過新年從除夕前開始，街上就沒有什麼人和車，平時擁擠繁忙的城市，變成一個寧靜的大村莊，異常冷清。平日裡在城市工作打拚的子女，因為春節回南部和長輩團圓，到處是拉下來休業的鐵捲門，紙條標記著從除夕休息到初幾。初二過後，返鄉的人才會陸續回來，天氣好的時候，風景區或前往的路上，到處擠滿了人群和車潮。

虛歲來說過了除夕，便又添了一歲，長輩們計算年齡，大多還是沿用農曆的算法。我

是農曆十二月生，一出生是一歲，沒幾天過了新年又增加一歲，因為對年紀斤斤計較，便不大喜歡用農曆計算。印象中唯一一次用來強調，是剛上大學決定要搬離家裡時，和媽媽討論，怕自己年紀太小沒有氣勢，刻意用了舊曆還偷偷加上三歲，「我都已經××歲！不是小孩了，我要獨立，去外面自己租房子住！」

過年的記憶，大多是伴隨著食物。除夕最重要的是一家人圍在餐桌旁吃晚餐。陳淑華《島嶼的餐桌》一書裡考證：「日治末期，昭和十七年（一九四二年）川原瑞源寫的〈點心以及新春的食品〉，曾以『豪華』形容台灣人新春的料理，每家都儲存了可以吃到初五的雞鴨魚肉。」

但即使相隔將近七十年後，台灣除夕

的飯桌上仍是豪華，一大早家裡的長輩便在廚房裡忙進忙出，料理各式大魚大肉組成的晚餐，每道都是可以獨霸一方的主菜，只有這個晚上，會一次大量出現在餐桌上，滿滿佔住整個桌面。可以奢侈地吃烤鰻魚配一整顆干貝，啃過雞腿後，再拿烏魚子來當下酒菜，當然也免不了每年都有象徵吉祥的年菜，菜頭粿好彩頭、長年菜（芥菜）長壽、拜拜必備的三牲，雞肉、豬肉、魚肉……

小時候，過年的這幾天總是特別開心，可以穿著漂亮的新衣，晚飯過後又有壓歲錢，因為守歲的緣故，也不會被人趕著上床睡覺，可以玩通宵放鞭炮、煙火，甚至也能小賭幾把。尤其在新年期間，習俗是要說好話，平日打破碗本來會被唸上幾句，但這幾天大人會微笑著對你說：「喔，沒關係！碎碎平安，歲歲平安！」

結婚後，從小到大習以為常的餐桌風景，除夕團圓飯的這一天，變成和先生家人一起度過。在另一個家裡吃著一樣豐盛的年夜飯，晚飯後在婆家休息時，突然想著娘家的餐桌上少了我一個人，爸媽應該還不習慣吧。

我想過年的意義或許在於，那是一年的最後一天，不同於其他的日子，那一天不單只是一天的結束，也象徵著一年過去了。就像闔上了一本寫完的記事本，感謝過去一年，再換上新的展開，一切都還是空白，充滿著各種可能以及新的期許。在新年到來的這段期間，彼此祝福有新的開始，且在這麼一個長假裡，好好靜下來思考著未來的可能。（2010.02）

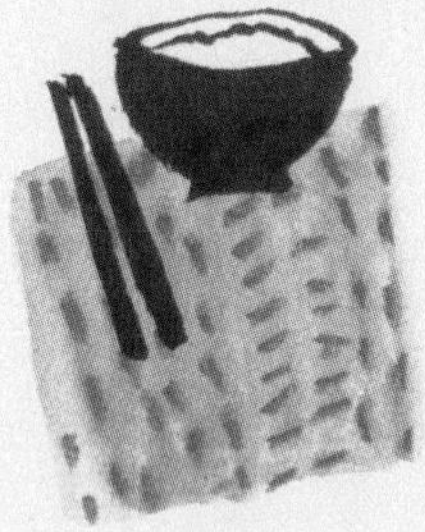

# 好吃

住在鄉下的親戚朋友，有的是職業農人、有的是業餘的，平日在家裡周遭的田地、空地，因應不同的節令種植蔬果。我們每隔一段時間就會接到電話，嘉義的外婆、彰化的舅舅或者朋友的媽媽、爸爸……寄來一大箱自己栽種的作物，靠海的有魚蝦，住山裡的是水果，還有各種當季的新鮮蔬菜。自家栽種的新鮮不在話下，尤其在自己的小田地上，是不用農藥和化肥，保證健康。

從這些親朋好友手中接獲的蔬果，雖然樣貌不起眼，總是沾滿了泥巴和一堆蟲蛀的小洞，不過口感和鮮度卻老是令我們驚豔。最近一次去美濃時，遇到一位種高麗菜的媽媽，將手上成熟大顆的高麗菜分送我們，她無奈地說，這些都是被中盤退回的，他們嫌不好看，蟲蛀洞太多，菜農媽媽邊說邊剝掉包裹在外面的幾片葉子，「你看明明就只要剝掉上面的幾片

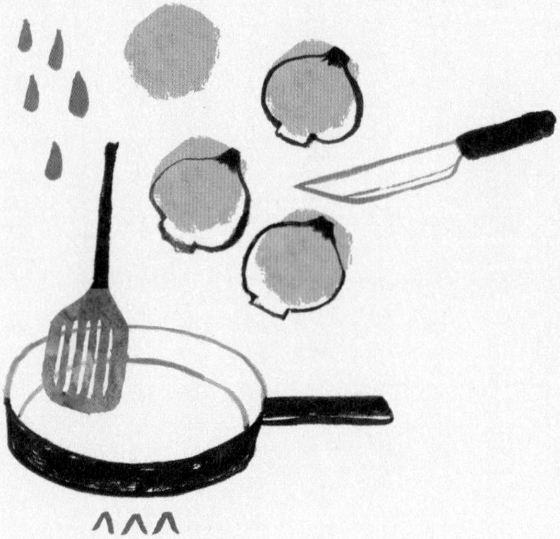

葉子，完全沒有噴灑農藥，我覺得這樣已經顧得很漂亮了。」

還有一年春天，舅舅從彰化寄了一大包自己栽種並經過日晒處理的蒜頭，印象中如果是從市場買來的蒜頭，頂多只能存放一個月就會開始變乾或者冒出綠芽，尤其是炎熱的天氣很容易壞掉。結果沒想到用了半年，天氣已經從熱轉涼，那大包蒜頭才終於用完。令人意外的是，即使經歷過酷夏，蒜頭依舊新鮮，下刀仍然清脆有水分。

自己種的蔬果，就像小孩般一天一天慢慢地長大，冒芽、茁壯，還會受天氣土壤、蟲害影響。不同於在都市裡，蔬菜是一袋袋包裝好放在市場裡，有時甚至可以買到上一季解凍的蔬果。鄉間的食物取得和都市不同，對食物的價值觀也不一樣，總是格外珍惜和小心處理。

兒時暑假期間時常會去親戚家玩，水果不用去市場買，龍眼是在自己院子的大樹，只要一個梯子和一把剪刀，拿著一整串樹枝，摘下上面一顆顆結實飽滿的龍眼。桑椹得往前走到廟口，那裡有棵老桑椹樹，往樹叢裡巡一巡，運氣好的話便有成熟甜美的果實。和鄰居小孩遊戲時，我們窩在堤防附近，摘下還未成熟的辣椒來吃，現摘現吃比膽識，偶爾吃到嗆辣的，臉就縮成一團，相當有趣。

在鄉間長大的媽媽，看到路邊的果樹，總能一眼辨識出這可以結出哪種水果，地上看似雜草的，有些可以當草藥，有的是食用蔬菜或是山菜。看似平常的風景，卻處處藏了各式寶物。蔬果取得不是非得來自超市裡經過整理包裝的，而是到處都有，俯首可得。

這幾年台灣興起的農夫市集，也是一個取得新鮮健康蔬果的好管道。在固定的時間地點，農夫親自從產地送來，聚集成迷你市集，一般的農夫市集有幾個特色：一、產品是新鮮、自然和在地生產的。二、產品多樣但少量。三、由農民或生產者直接販售。

除了能讓產品免除大盤、中盤商從中剝削外，更提供生產者與消費者面對面交流的機會。種植的人和吃的人面對面，食物的流通不只是金錢交易而已，從農民粗粗的手中接過早上現採的新鮮蔬果，和他們聊一聊你即將食用下肚的蔬果，是怎麼種出來的，菜或許不如市場的漂亮，是因為沒有農藥和化肥，不使用這些是基於對土地的友善。農夫也可以聽聽消費者的需求，提出自己內心對於栽種作物的合理價格，並解釋為什麼。

於是吃變成很有趣的一件事，桌上的每一盤菜、每一顆果實，都藏有一個小故事，都是經過某個農夫慢慢地照顧拉拔成長，來自某塊土地的養分，我們食用的同時也品嘗了當地的風土人情。

選擇食物的栽種方式，支持我們認為對土地好的。（2010.11）

# 簡單生活

前年因為旅行的關係，我來到柏林的某個跳蚤市場，在住宅區旁的公園裡，攤販有家庭主婦、小孩到青少年、老爺爺老奶奶，大家拿著家裡用不著的東西，在公園裡賣給用得著的人。而不遠處的咖啡店裡，擺著不同樣式不成組的椅子，我想大概也是從跳蚤市場裡拼湊出來的吧。

有一次聽一位朋友說，他在柏林遇到一家店，或者應該說一個空間比較恰當。裡面各式

各樣的東西都有，杯子、衣服、書籍雜誌……，都不用錢，你可以帶走任何你需要的物品，也不必刻意拿東西來交換，這個空間的想法是希望如果你之後有不需要的東西，也可以把它拿去那邊，而你有缺任何東西也可以直接去拿。告訴我的朋友說，他並不喜歡那樣的店，他覺得如果大家都如此，沒有消費沒有買賣，這個世界的文明就會停止進步。

不過我覺得不然，認為這是受制於現在資本主義邏輯，如果文明沒有從消費物質的方面去發展，依照人類天生無法停止思考的本性，我們可以把花在消費流行的力氣，改去處理別的問題，或許是藝術、精神心靈、食品安全、和自然共存，甚至是人權……各種消費物質以外的文明，等著我們進一步去挖掘。

前不久台北華山藝文中心辦了第二屆「簡單生活節」，樂活、慢活的概念，這幾年在台灣興起，主要是為都會人提出要放慢生活步調，愉快享受生活之類，活動擺了很多大大小小的市集攤位，和一些小樂團，販賣著手作、慢活概念。我有點懷疑透過消費買賣，我們可以買到放慢生活步調或者是可以透過小物品來滿足愉快生活嗎？

今年因為景氣差的關係，銀行的利率降低了，他們希望我們別把錢存在銀行裡，而是能夠拿出來多買些東西，過年前全台灣的人都領到了一張台幣三千六百元的消費券，目的同樣是希望能刺激消費。最近經濟不好，於是喊出多消費刺激經濟，甚至希望大家能盡量多買東西，然而不再消費的部分原因有沒有可能是我們需要的東西早就飽和了，根本什麼都不缺。

中下階層的人很辛苦，消耗大部分生命時間來工作賺錢，卻又拿這些錢去買昂貴的物品，不斷的循環，不斷的消耗。這種情況是不是該試著停下來？如果不想買東西，是不是因為真的都夠了，難道沒有別種方法可以讓世界繼續運作嗎？就像安部公房的《砂丘之女》被困在砂丘中的主角，因為會砂崩而永無止盡的勞動將砂鏟出屋外，但到最後他感到困惑，存活究竟是為了鏟砂，還是因為鏟砂而能夠生存下去？

一九九一年，伊凡．克里瑪（Ivan Klima）寫了一篇〈對垃圾的簡短深思〉提到垃圾作為我們時代的一個問題，令他感到興趣，「焚化爐只處理垃圾；問題本身仍然存在。某個產品被製作出來，就成了潛在的垃圾。這種情況一直如此。區別在於產品的數量和質量。一個石頭槽料可以沿用幾百年，一個木製搖鑽可以為好幾代人服務……」「我們奢侈浪費，屈於對新奇的一種近乎宗教式的崇拜。東西還遠遠沒有破損，我們就對它們厭倦了，而它們磨損得也比從前快，即使我們還沒有厭倦它們，我們也知道它們被買後幾個月就不再流行。」這是十幾年前的感慨，到如今不但可以套用，而且大家追求新的事物，物品能存續的壽命越來越短，甚至迫於某種狀態而不能停止消費。

伊凡．克里瑪在文末想像，有一天對某種物質充分滿足的人們，或許會停止貪求，提高對過度消費的抵抗力，培養出對抗時尚專制和抵抗嶄新式樣、顏色的誘惑能力，人們將再次尋求質量，從而開始走向節制甚至是謙卑的旅程。

我想每個人都有對理想世界的想像，我希望在飽和過剩的未來，有一天能停下腳步，再反璞歸真回到過去一件物品可以使用好久令人懷念的時代。那時候的師傅在製作一張桌子時，想的是希望可以被使用好幾代，於是用心用好材料，使用的人也是珍惜的對待。我們不需要製作太多的東西，也不用買太多。過剩的時間不必焦慮地拚命製作新物品，也不必擔心時間剩餘太多到太奢侈，我們可以拿來過生活、慢慢思考、慢慢使用我們擁有的一切。

我有時候實在不懂，在這個時代，想過簡單簡樸的生活，為什麼最後會害這個世界停止進步。（2009.01）

# 將要消逝的風景

我的老家是兩層樓的磚造透天厝，有一年雙十煙火時爸爸打開屋頂的天窗，帶著我坐在屋頂看煙火，斜斜的屋頂上不能亂動，腳下連接的是另一戶人家的屋頂，我緊張地握著爸爸的手，正襟危坐地觀賞煙火，是有趣又害怕的經驗，事後被媽媽

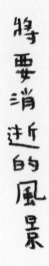

知道，爸爸又被唸了一會。

最近因為工作，開始對萬華做田野調查，需要拍照和蒐集資料，其中包括我從小生活的老社區。台北市西區是屬於老舊、邊緣的，調查工作進行時，社區也正計畫要都市更新，在居民同意後，就要拆除蓋成新大樓。說明會召開前，姑姑和老鄰居說：「咱要求之後能像現在一樣，打開門就可以跟隔壁聊天，老厝邊還是住在一起，能互相照顧。」

小時候曾經有段時期不喜歡這一帶，覺得是個龍蛇雜處的地方。社區外是龍山寺，緊臨著夜市，還有舊時的寶斗里是從日治時期開始規劃公娼設置的區域，記得有一次高中同學的爸媽載我回家，同學好奇地指著車外穿著過氣火辣的歐巴桑們問：「她們在幹麼？」同學的爸媽沒好氣地小聲回答：「都是在站壁的娼妓。」因為萬華很早就開發了，早期住在這裡的居民多是從中南部上來，等待工作的臨時工或者是都市邊緣比較貧困的人、夜市攤販、土流氓……，還有流浪漢聚集。

爸爸是萬華人，祖先們好像一來台灣就決定在萬華（艋舺）這裡住下來，然後跟著它興衰。媽媽則是結婚後才住這，外婆家在板橋，客廳和房間都大大的很舒服，還記得有一次外公拿書來送我，那天下著大雨，外公留在我家裡過夜，晚上爸媽把房間讓給外公，外公睡在小小的房間裡，夜裡一個人難過得哭了起來，後來聽說是當時外公心疼媽媽住這很委屈，一家人擠在小屋子裡。長大後，家裡比較有能力，又買了房子，我也才第一次有了自己的房間，不過還是在同一個社區裡，爸媽說他們喜歡這裡，親戚朋友都在這，日後年紀大了大家也好相互照應。

社區裡的房子歷史相當悠久，早期蓋的房子結構都是木造的，三角形的屋頂可以看見很粗的木頭樑。每一家的格局坪數大約是十五坪，小小的。兩排房子面對面像長屋般，中間有一條細細的巷子，寬度和防火巷差不多大，兩台摩托車會車就很吃力了。而房子和房子之間只隔一道磚牆，因此隔音很差。

這樣的老房子，雖然很難保有隱私，卻特別有人情味。有一回媽媽煮菜煮到一半才發現蔥都用完了，大喊：「害啊害啊，那無蔥啊！」著急的趕緊喚我去買。我這才從巷子尾走到巷子中間時，已經被鄰居的媽媽攔下，熱心的阿姨將手上大把蔥塞給我，「剛聽到妳家沒蔥，先拿去用。」

有時候小孩哭鬧不停，比較有經驗的老媽媽們聽到，會主動去敲門，問：「小孩一直哭，是不是肚子餓了，是不是不舒服啊？來給我看看。」經驗老道的媽媽幫忙揉一揉脹氣的肚子，或幫忙不知所措的新手媽媽接力哄小孩，小孩子們好幾次就這樣被馴服。

不過自己一個人顧家就很可怕，隔壁拿鑰匙開門時會聽成在開家裡的門，好幾次開心地奔下樓迎接爸媽，打開門卻是空無一人，甚至連隔壁上下樓梯的聲響也會搞錯。只有自己獨處的房子裡，還是有很多聲音，上下樓梯的聲音、穿越走廊的腳步聲、打開衣櫃、講話聊天的聲音，有時候屋頂還會有貓咪翻滾、走動的聲音，膽子小的我常常害怕得躲在棉被裡。

這些都是將要消逝的風景、聲音，未來或許會有新的風景和不同的生活方式在這裡展開。（2008.07）

# 喀啦、喀啦的綠豆冰

童年的暑假大多在外婆家度過，外婆家在板橋，當時鐵路還在路面上，沒有地下化。隔著窗戶就能看見外頭的鐵路，每當有火車經過時，會先從遠方傳來低沉的「隆・隆」聲，隨著聲音越來越近，變成巨大「轟・轟・轟」火車聲，一節節的火車影像便會倒映在天花板，像上下顛倒的小電影在天花板上映。

小時候的夏天，通常只靠一把電扇，沒有幾戶人家吹冷氣。童年的夏日時光總是多到可以任意地浪費，一點也不覺得可惜。我常常就一個下午捱在窗邊等待火車經過，嘴裡啃著冰，時時得留意手中迅速融化的冰糖水。

那個時代沒有什麼哈根達斯（Häagen-Dazs），想吃冰品不外乎是走到巷子附近的柑仔店，冰箱裡有紅色、黃色、乳白色細細長長的奶嘴冰或是小美冰淇淋可以選擇，有時候會有按著「叭噗．叭噗」，載著一箱冰淇淋騎著摩托車的攤販。運氣好一點，則是可以跟大人到冰果室裡，點一碗裝滿各種配料的豐盛剉冰。但最常吃的冰品，還是家裡那吃剩的綠豆湯，被分裝在從柑仔店買來的小袋子裡，所做成的綠豆冰。

綠豆冰的做法很簡單，就是先煮一鍋綠豆湯，再把它裝成一小袋一小袋，放入冷凍庫就好。綠豆湯雖然不難，但各家的媽媽們卻有各種私房的烹調版本。我家媽媽是不泡水，用慢火燉煮再燜熟；好友的婆婆則是要先泡水一個小時，然後中火只煮五分鐘；甚至更聽說有媽媽是先把生豆炒過再煮湯，想像是帶有一點烘焙味的綠豆湯。

媽媽說老一輩的經驗是，綠豆雖然可以退火，但不要煮太過頭；如果煮過頭，綠豆皮都蹦開，吃多了反而會上火。其實剛煮滾還沒混濁的綠豆水，舀起來喝是最退火、消暑的。吃不完的就可以來做綠豆冰，裝袋時不能太貪心，裝太滿結冰

後體積會膨脹變大，袋子就容易破掉。小時候，等待結冰時，我老是迫不及待地頻繁打開冰箱，我最喜歡一面吹著迎面而來的冷風，一面欣賞冷凍庫一袋袋的綠豆湯，那風景看起來就很令人消暑。

「今天可以吃綠豆冰喔！」

每次外婆從冰箱拿出一袋袋硬邦邦結成冰的小綠豆磚，總是讓我們開心地原地跑圈圈。綠豆冰是夏天裡最期待的點心，冰棒剛從冰箱取出來時，整個袋子鼓挺挺的完全咬不動，夾鏈袋的袋口也因為還結著冰，不容易打開。等待融化的時間，我會用指甲刮袋子上的白色冰霜，因為還很冰，每刮掉一些馬上又會出現新的。這樣的遊戲可以玩好久，直到冰霜融化，表面都變成水滴，這個遊戲結束了，也可以開始吃了。

綠豆冰的豆子因為比較重，結冰時都沉澱在袋底，因此前幾口咬下去是滿口的碎冰，吃起來「喀啦．喀啦」，一下子牙齒就會冰得受不了。還有越接近袋子下面，綠豆顆粒就越明顯，可以啃到一粒粒的綠豆沙，等到綠豆冰融化成被綠豆湯圍住的冰棒時，還可以喝點湯，再啃幾口碎冰。

前陣子網路上流傳某牌的冰淇淋二十四小時都不太會融化，聽起來實在不可思議。想起小時候吃冰總是像搶時間，得顧到每個角度，若沒有均衡地啃到每一個面，一不注意冰水就在手中融化得一塌糊塗。今天豔陽高照，戶外氣溫比小時候印象高出好多，我想應該滿適合

來煮一鍋清涼退火的綠豆湯，沒吃完的就來做冰吧！（2013.08）

# 老萬華的小時候

我是在萬華出生長大的，傍晚要去補習的路上，得穿越人潮擁擠的夜市，充滿燒烤、油炸食物的香味。到了清晨，喝醉續攤的酒客陸續散場。特別記得國一的夏日，吹來的熱風裡還夾雜著果菜市場的綜合氣味。

萬華的建築是在不同的時空下，一層一層發展組合出來的，最早可以追溯到清代。她有充滿歷史風味的清代古蹟、也有日治時期的矮房子，交叉其中的是錯綜複雜的小巷弄。那些有時代背景的老舊房子，都被列在都市更新的計畫裡。（2014.04）

天橋國宅

華江橋旁，房子和房子一棟一棟被天橋串聯起來，一樓挑高為店面，二樓的長廊是可供公眾使用的天橋，有住戶也有店家，住戶的信箱就在一樓通往二樓的樓梯牆面上，三四樓為私人空間，裡面有天台、空地，別有洞天。

矮房子

像日式長屋般，兩層樓高的小房子，房子和房子之間只隔一道磚牆。而一排排矮房間僅隔著小巷子的傳統也依然保留著，屋內的結構是木造，屋頂是瓦片。

私塾

有的古蹟隱藏在小巷弄，有些就在日常周遭，像清代至今，台北目前僅存的學海書院就和我的小學隔一道牆。

**龍山寺**

上小學的第一天，奶奶一大清早就把我挖起來，在進學校前先帶我到龍山寺拜文昌帝君，保佑我未來求學順利。

**萬華大拜拜**

每年萬華的一大盛事，就是青山王宮生日，每一戶人家都要擺桌請客，像過年一樣，熱熱鬧鬧好幾天。附近的學校也會因為遶境活動交通堵塞，提早半天放學。

## 大廟小宮

萬華的角頭和地方勢力，通常都和廟宇脫離不了關係。在地的小孩，從小就耳濡目染，遊戲時會用積木蓋自己的宮廟，興致來時拍打桌面的節奏通常是謝神的鼓聲。

## 寶斗里

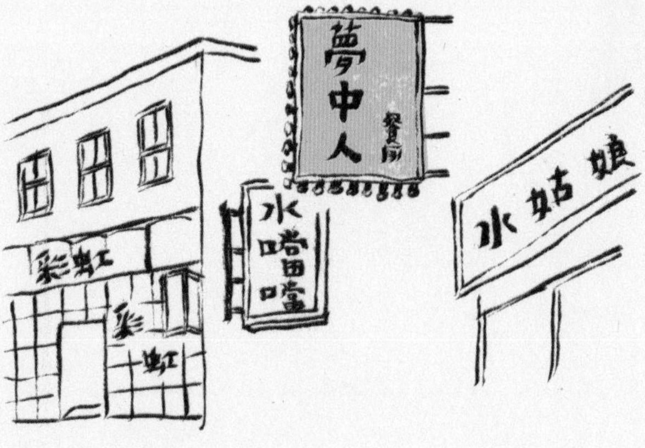


爸爸是老萬華人，聽他說小時候賺零用錢的方法，是先和玩伴集錢，買一些零嘴和汽水，再到寶斗里去兜售。因為當時寶斗里的私娼，從外地被賣到台北，人身自由受到限制，不能隨意出門，她們僅能透過一扇小門向爸爸他們買些零嘴吃。

# 河邊出走

沒有衛星導航也不看地圖，
遇見岔路後往直覺的方向前進，
也許生活也該如此，
在習慣的生活模式中偶爾脫離常軌，
眼前又會出現另一種從未想過的風景。

旅行的主題曲

前陣子重看了丹尼・鮑伊（Danny Boyle）的《猜火車》（Trainspotting），第一次對這部片有印象是高中時，轉電視在HBO上看到，伊旺・麥奎格（Ewan McGregor）為了撿藥丸鑽進馬桶裡，雙腳像跳水上芭蕾般慢慢地旋轉下去，在馬桶裡潛水，當時簡直是嚇到，隔了十年後，還是覺得好看。

因為如此，又開始聽《猜火車》的電影原聲帶。

聽電影配樂是一種有趣的遊戲，曾經因為先聽了某張電影原聲帶，覺得好聽，對電影充滿想像，看了片子卻覺得失望，再回頭聽音樂也沒有這麼愉快了。也有像這種已經看過也很喜歡的電影，當音樂播放時，腦子便會不斷地回想這是哪個場景？哪一段的配樂？即使不閉上眼睛，也能在空氣中輕易地描繪出影片的場景。

不過電影中盧・里德（Lou Reed）所唱的Perfect Day，被之前在南投借宿朋友家的記憶覆蓋了。朋友家是一個閩南式的三合院，背後是一片佔了半個天空的杉木林，偶爾會有獼猴出來搗蛋，院子側邊植了些草皮，我們一夥快十個人，因為房間住不下，便在朋友的草地上搭帳篷露營。那天晚上因為在山裡，海拔高，氣溫很低。大家圍著爐火，烤著下酒菜喝紅酒，我們放著盧・里德的Berlin專輯，正好放到Perfect Day，朋友說這不是《猜火車》嗎？大家開始天南地北討論起來，好不熱鬧，此後每次聽到Perfect Day，我就想起那晚。

旅行時我一定會帶一些音樂去，就像有人喜歡帶上適合閱讀的書籍。音樂和旅行的經歷所培養出各種有趣的記憶，我們常開玩笑是這一趟旅行的主題曲，在旅行或某些特別的時刻，耳朵裡聽見適合的音樂，自此這首曲子便和當時的情境結合，再播放時，自然會湧起當時眼前看到的記憶。

和先生在香港維多利亞港前，因為等待煙火綻放有點漫長，我們一起戴著耳機聽 Max Richter 的 The Blue Notebooks 專輯，除了音樂聽不到外面觀賞的人聲沸騰，冷冷而緩慢的古典電子樂，像替眼前的景象配樂，海上緩慢移動的船，遊走在各種企業霓虹燈的背景中，突然間霓虹燈一個一個全部熄滅，在黑暗的海面燃起一段段煙火綻放。The Blue Notebooks 的電子音樂有點悲傷又相當適合這樣的現代都市，像觀賞一場沒有對話的電影，在場卻只有我們兩個人知道，優美又寂寞，我們彼此相望，「音樂和景色很配！」我和先生在人群中，有默契地點了點頭，因為這段音樂，變成了只屬於我們兩人的維多利亞港。

也曾經在巴黎，因為想念著台灣的氣味和聲音，播放著陳綺貞的音樂，再把蛋和蔥花攪拌，撒上鹽巴放在鐵鍋裡煎。一面嚼著乾巴巴的印度米，配上蔥花蛋，一面聽著中文曲子，這樣來滿足我的鄉愁。

在旅行中聽音樂，雖然會暫時覆蓋住原本現實的一些聲響，卻也能再重新編造詮釋，即使不真實，也是傾向浪漫，一種很隱密的感動下，伴隨創造出美好的記憶。就如同拍照記錄當時的畫面，而音樂是記錄當時的氣氛和心情，透過聲音再播放出當時的感動，我們會記得

是因為那些深刻的事件和回憶。（2010.04）

# 使雨變成雪

三月初和先生去日本關東旅行。出發前幾天，台北有一股冷氣團即將到來。像是海明威（Ernest Miller Hemingway）《流動的饗宴》為了避開下雨的巴黎而旅行，「既然天氣已經轉壞，我們可以離開巴黎一陣子，到別的地方去，一個能使這雨變成雪的地方。」

我們也去了一個能使雨變成雪的地方。

春初的東京，早晨成群的上班族，腳底像是打著節拍，很有默契地快速從街道湧出、鑽入地鐵。腳步伴隨烏鴉的「啊—啊—」叫聲，集體穿著黑色大衣，也像一群烏鴉似的，幾乎看不到其他的顏色。我們倒是悠閒的旅人，慢慢散步在步調快速的東京。

旅途的最後幾天，我們搭著橫須賀線離開東京前往鎌倉，窗外的景色慢慢從大樓變成矮房子，因為是東京的近郊，又因為曾是鎌倉幕府時期的政治中心，因此有許多歷史遺跡，擁有古老的歷史風味。明治維新後便吸引了不少作家、詩人在此定居創作。

火車上，先生說在旅行的末段，離開都市到鄉下度過，真是愉快的安排。我曾經在四年前，異常悶熱的夏天來過鎌倉，這次再來卻是春初。雖是春天，但不同於台灣，路上的樹木多還是枯枝，草也是枯黃的金色，偶爾才能遇見幾棵零星早開的櫻花或梅花樹。

寒流來襲的那幾天，一天的開始是斷斷續續地下雨，慢慢地透明雨水變成乳白色，原本垂直迅速落下像直線般的雨水，在空中結成雪花，左右搖擺緩緩地旋轉而下，時而是雨時而是雪，雨一轉眼就變成了白雪。我喜歡這中間的變化，原本是滴滴答答快速降落的節奏，一股冷氣飄來，突然變得安靜，乳白色緩慢無聲的飄動，相當的優雅。我著迷地在鎌倉文學館裡，隔著古典窗子前，看著以森林作為背景的細雪，一波一波地飄下。

四年前為了躲避炎熱的日晒，曾經無意間去了一間印象深刻的咖啡店，在極樂寺旁。我憑著模糊的記憶沿著上坡走，但這次是為了避雪，咖啡店依舊以四年前的形象杵在那，店內仍是擺滿蒐集而來的各式古董老鐘，都暫停了時間，僅有一只仍然發出齒輪聲走動著。

迎接我們的是一位穿著傳統和服的太太。我們點過咖啡後，和服太太細心地特意選了不同的餐具，並在店門口摘了植物裝飾在托盤上，我的是風鈴花，而先生是一片蕨葉。和四年前同樣貼心的招待，時間像是停格，我們只是剛好在不同季節的隔天來拜訪。

街道電線杆上停著老鷹，是鎌倉獨特的街景。到處可以看見盤旋在空中的老鷹，尤其是八幡神宮，老鷹繞圈追趕著鴿子，第一次看見鴿子露出那樣努力的飛行姿態，賣力地拍動翅膀，幾乎所有的小型鳥類都貼著地面飛行。接近傍晚的江之島（江ノ島）電車在稻村崎車站（稲村ヶ崎駅）前，十幾隻鷹，低空盤旋前後鳴叫，像在尋找附近人家的食物，非常壯觀。路上的警告標誌，提醒附近野餐的人，小心來自天空的鷹偷襲餐盒。對旅客來說是有趣新鮮的景象，附近的居民卻似乎很苦惱，公佈欄裡貼著請勿餵食老鷹和松鼠的海報。

在機場等待回程班機時，看見新聞跑馬燈播放著：「鎌倉鶴岡八幡宮前，千年大銀杏被強風吹倒了」，當時因為沒有新聞畫面，一時之間先生還認為我看錯了，不相信大銀杏真的倒了。樹倒的前天，我們曾站在樹下，誇讚巨大的銀杏真是厲害，活了一千年，據說當年刺殺源賴家的刺客，就隱身在這棵銀杏後面，也因此被稱為「隱身銀杏」，而幕府時代早就結束了，大銀杏仍然佇立。聽說它是在清晨，連續發出「撥撥」的幾聲後，斷裂倒下。最近當地人把它圍繞起來，像對往生者一樣唸經祈福。而我們難忘的是那一天，雨水漸漸變成了白雪，紛飛在大銀杏旁。（2010.03）

# 山裡有熊嗎？

旅行，讓人深刻的總是計畫之外的事。二〇一〇年的初春，我和先生在日本山梨縣河口湖，即使沒有櫻花和紅葉的襯托，富士山仍然像傳聞一樣的美麗。

吃過早飯後，我們搭著觀光巴士繞著湖邊，因為事前沒有做旅遊規劃，便臨時決定在青木原樹海的登山口下車，照著觀光指南上推薦的散步路徑去。

因為是淡季，同車的旅客相當少，下車後也只在一開始入口處，遇見幾位零散的旅客。錯身而過的另一夥人已經準備回去了，臉上露出誇張的表情，一邊嬉笑一邊匆忙地大步快走，像逃跑似的，但此時我和先生還沒有領悟過來。

青木原樹海是一座原始森林，我們到的季節，樹還是光禿禿的沒有葉子，咖啡色的樹幹配著黑色的地面，有種蕭瑟的美麗。整座森林像種在黑色的海面上，路面隨著黑色海浪高高

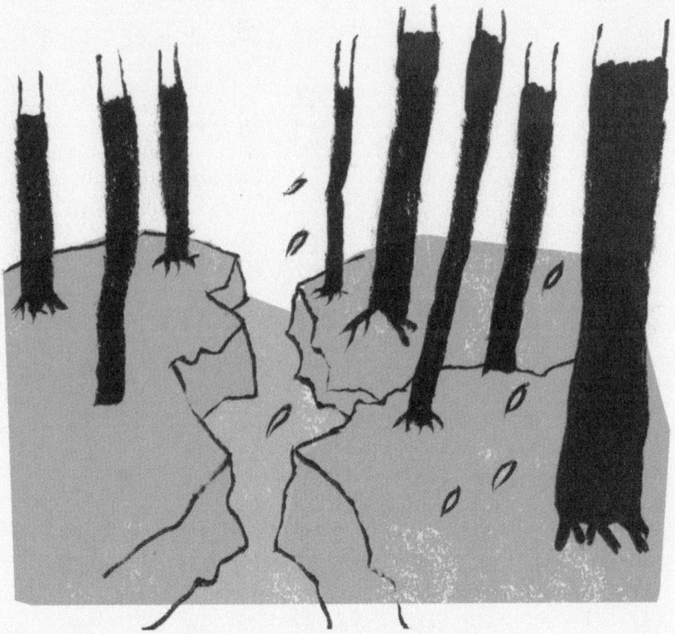

低低，還依稀看得到當時熔岩流過的路徑，部分路段的高低起伏特別大，像一陣大浪湧起。樹就從那些大浪的隙縫中，東倒西歪得長成不同角度。

那特殊的地表景觀，是當初富士山大爆發時，噴出的熔岩所經過凝固而成的。也因為成分富含磁鐵礦，讓這裡磁場特殊，指南針在樹海裡派不上用場，一旦迷路就找不到方向。

往沒有紅葉的紅葉台*方向走，隨著坡度上升，地面逐漸從黑色變成一般的泥土色，整個森林空蕩蕩的彷若獨剩我們，只有動物的叫聲伴隨我們在山裡散步，偶然發現地上露出一朵早春的花朵，令人愉快。不過偶爾還是會出現詭異的物件錯置在優美的森林裡，例如被丟棄在路邊出租用的腳踏車，主人已不知去向，或樹幹上有刀子刻「死」字的痕跡，然後又畫著箭頭指引著一條小岔路。

走了好幾個小時，好不容易到了紅葉台，空曠的山頂刮著大風，等待我們的只有滿地的動物糞便，和一間鐵門緊閉的店面。我們停留了一會，拍了幾張富士山的遠景，就準備趕緊下山。距離最後一班公車只剩一個小時，如果錯過就沒有回程的車子。我們擔心要是照著地圖上的大路下山，又是好幾個小時，再晚點太陽就要下山，山裡天黑得很快，被困住就不好了。還好觀光所提供的簡易地圖，離我們最近處似乎有一條小路可以下山，但小路的入口被一根倒下的細樹枝擋住。我有點不安地問了先生，先生不以為意說：「應該只是剛好倒下吧。」

步道一開始還算寬敞好走，但再往前走一些路便越來越窄，有些地方甚至得扶著山壁勉強走過，走到中段，地面已滿是枯葉夾雜著不明動物的糞便，像很少有人走動。這時山裡的天色越來越晚，前頭的路彷彿永無止盡，不知何時才能結束，我開始不安地叨唸了起來，先生倒是表現得很可靠，從容地安慰著我。

突然步道中間的樹幹，出現被動物爪子抓過的剝落痕跡，地面有一大撮被整齊撕下的雪白體毛，和幾個巨大的動物腳印，一下子我們都沉默了，互望一眼，有默契地保持安靜且加速腳步。還好又過了一會兒，山下的景色越來越明朗，路也越來越寬敞，我們一下山就急忙奔跑到站牌，趕上最後一班回程的巴士。

回到旅館，我泡著溫泉褪去滿身的疲憊後，逐漸拼湊起過去對於青木原樹海的印象，那是日本恐怖電影和漫畫都會出現的場景，和它相關的關鍵字少不了棄屍、謀殺、自殺、鬼怪……，難怪入口有勸人不要自殺的告示。回到東京書店找資料更發現，樹海是當地有名的自殺聖地，因為太有名了，過去甚至會每年搜山一次，清理屍體。

幸好是在不知情的時候散步，才能心無雜念地欣賞美景，又幸好沒有看到不好的事情。而那天在小路上遇見的腳印究竟是什麼，至今仍然是個疑問。

山裡有熊嗎？（2014.04）

＊紅葉台：位於富士山北邊的小山丘，三百六十度的觀景台優勢，讓人可以盡情地欣賞富士山、富士森林和富士五湖等美景。

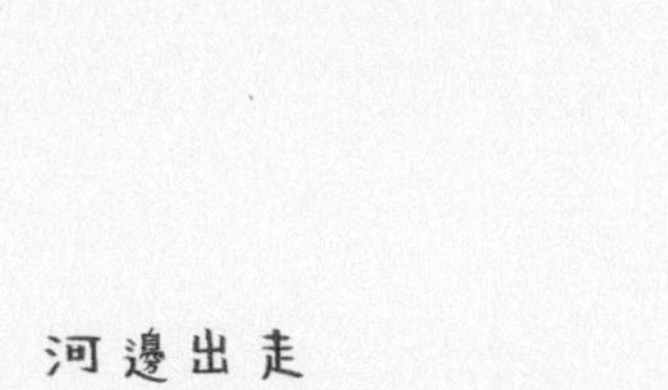

# 如果不住在城市

離城市很遠的台東，一面是山，一面是海。

上個週末我們和一對夫妻共四個人，沿著東部海岸線，往台東去。一路走走停停，早上十點出發，抵達時已經是晚上八點多了。旅程的起因是前同事在台東都蘭的山裡，四個家庭合買了一塊狹長形的椰林地，周圍是高聳的椰子樹和綠草地，他們合蓋了一間可以共同使用的小木屋。

上個月，朋友在電話中開心談到，她剛從台東的木屋度過一個短短的假期，對鄉間的生活有點心動，也想去那邊看看有沒有適合的地，或許可以調整工作的型態，嘗試在都市以外過生活。因為和先生一直計畫未來也想去鄉下蓋自己的房子，於是我們便相約找一個禮拜，去台東度假，順便去看看地。

山裡天黑得特別快，抵達台東時已經晚上，鄉間一路上只有零星的路燈，到木屋時除了車燈和月光外，戶外幾乎看不到任何人工的光線，迎接我們的是滿天的星星，密密麻麻多到佔滿整個天空。這一晚，我第一次看到銀河像一條霧狀的帶子在我頭上閃爍，我們躺在屋頂上聊天，聽著遠方貓頭鷹的咕咕聲。平日住在城市裡，因為光害，都快忘了原來還有這麼多的星星在我們頭上。

早晨被椰子樹上虛張聲勢的松鼠叫醒，從未聽過松鼠如此兇猛叫聲的我，還緊張地以為是隔壁間的朋友呼吸喘不過氣。在這裡沒有人車聲，只有來自山裡各種不知名的動物叫聲，還有來屋裡串門子的各種昆蟲。朋友向我們介紹，幾天前這裡還有一大片高高的雜草，一夥人才剛除完草，沒想到山上野草的生命力特別茂盛，原本光禿禿的乾淨小土丘，又有一些不知名的小草冒出頭。

夏日的台東天氣十分怡人，生活步調相當緩慢，早晨去海邊游泳，整片海灘除了我們外，僅有零星的衝浪客。下午回到山裡，喝著自己剛摘下的椰子汁，吹著涼風遙望太平洋，到了傍晚飄起一陣小雨，趕走惱人的暑氣，夜裡又是相當涼爽。肚子餓了可以在木屋裡做菜或到附近的漁港吃些海鮮，或到市區逛逛。這裡的店不像台北，很多只在假日營業，大馬路上車輛相當少，路上的行人也不多。

當然山裡也有城市想像不到的問題，例如水源取得不容易，不像自來水直接打開水龍頭就立刻源源不絕，朋友在很深的地底打了一口井，水常常會因為泥沙堵塞而忽大忽小。能用的電量也不大，電源很容易跳掉，得走到遠方一個供電小屋，再重新啟動。也沒有3G網路可以使用，要上網的只能開車到山腳下一家有提供無線上網的咖啡店。不能上網的那幾天，我們幾乎是過著與世隔絕的生活，但換個角度想，或許住在水電不方便的地方，我們可以重新思考，平常用水、用電的習慣，還有重新整理自己的生活方式。

回程時，朋友繼續南下，我們則乘坐火車北上，搖搖擺擺了四個小時才抵達台北。一到台北，晚上十點多燈火明亮，捷運出口人群蜂擁而上，人聲沸騰，我們又回到城市了。隨著快速移動的都會人群，我們在其中，繼續思考有沒有一種新的可能，如果不住在城市。

（2010.08）

# 那些晴朗的風景

這幾天因為颱風的關係，風雨很大，連續下了好幾天的豪雨，從屋內到屋外都溼答答的，幾乎哪裡也去不了，連家裡的狗都悶在牠的屋子裡無聊得發慌嘆氣。工作中間的空檔，沒辦法去戶外散步，於是我整理起櫃子裡的照片，翻到前年差不多也是這個月份，我和先生去中國旅行時所留下的影像記錄。

那年我和先生從香港進去中國，往西邊一路前進到麗江，再往北走，終點在蘭州，旅行的目的之一，是去拜訪先生八年前在蘭州認識的朋友。這趟旅行的領隊是我先生，他的計畫很簡單，晚上睡覺前在過夜的旅館，靠著一本八年前在火車上買的全中國鐵路地圖，決定明天要前往哪個城市。那本地圖有著深藍色的塑膠皮封面，一個城市有一個跨頁地圖加一頁景點的小介紹。

旅行途中，我們在城市與城市間移動，幾乎都是依賴火車或長途巴士。中國火車的車票有三種車廂選擇，價格也都不同，有硬座、硬臥和軟臥，臥鋪有床可以睡覺過夜，硬座只有座椅。座鋪和臥鋪的車廂中間有餐車阻隔，買硬座的人不能隨意地走去臥鋪車廂。

第一次搭火車時，往西邊至大理的路上，因為座位都賣完了，必須先站在硬座車廂兩個小時，才能換到硬臥。硬座車廂內非常擁擠，幾乎是動彈不得，小小的車廂內，除了擠滿乘客外，更是塞滿了各式各樣大大小小的行李、紙箱，連廁所門口都站滿了人。很不可思議的是，在密度這麼高的車廂內，還是有服務生推著推車，喊著「讓一讓」，賣著小番茄等各種水果……，而且來往非常頻繁。

我正怨嘆起在密度這麼高的車廂內，竟然沒有買到座票。突然面前一位年輕的女學生，手拿著車票，向座位上的中年男子輕聲地確認：「先生，不好意思，你好像坐到我的位子？」男子假裝沒聽到地撇過頭去，不看學生，女學生又繼續重複一次，沒有任何人回應，沸騰的車廂內瀰漫著一股尷尬的氣氛。僵持了一會，連我都不知道該怎麼辦時，突然查票員出現，「請各位乘客拿出自己的車票」，查到中年男子時，他摸摸鼻子像沒事般地終於讓出座位。

才正感謝查票員的出現，馬上又引起另一段騷動。車廂的另一角，出現一位三十歲上下的男子，扛著一個印著腳踏車圖案的大紙箱，被查票員驅趕不能在走道上擋路。這可憐的人冒著滿頭大汗，拿著大紙箱，不可思議地在擠滿人潮的走道上，從這一節走到最後，繞了一圈又退到這節車廂時，突然出現一位好心人將他攔下，請大家挪了一點位子，讓他先坐下來休息一下。蘭州的朋友說他第一次和學吉他的老師去北京看表演，坐了三天硬座（當年的火車速度更慢），真的很難想像。

還好我們只需站兩個小時，便可更換到硬臥去。硬臥是一間間隔開的小房間，沒有門，各有上中下鋪，一間房睡六個人。房外便是長長的走廊，靠著車窗有小桌子和椅子可坐。比起剛剛的硬座實在是非常舒服，休息時去餐車上用餐，終於開始有火車旅行浪漫的感覺。

在硬臥，大部分的時間我們都坐在窗邊，火車前進的速度感覺不快，沿途會穿越鄉間和城市，窗外的風景非常有趣，有時會經過一片大草原，幾隻散步的野馬，又或者玩耍的牛，像狗一樣彼此逗弄著，有一些古老樸素的村莊、現代化的小社區，緩慢地替換美麗的湖和山。在跨到一個新的省分時，車上便會有廣播介紹。我們在火車上度過了一夜，因為平常作息比較晚，熄燈後仍和先生坐在椅子上看窗外，被當成可疑人士，查了好幾次身分。

一路上我們便靠著那本地圖冊子當線索，從廣州、昆明、大理、麗江最後到蘭州，剛從香港進去時是三十幾度的高溫，但越往西走越冷，最後白天只剩下零度。在大陸西邊我穿上所有的衣服，往東邊的路上又一件件地脫掉，同一個季節裡溫差卻這麼大，對於住在小海島的我來說很新鮮。

回程的最後一趟火車，我們決定買兩天兩夜的車票（坐飛機大概只要四個小時），慢慢消化這趟旅行。這次我們買了軟臥，價格和飛機票一樣，等同於是火車上的頭等艙，四個人一間房，有門可以關上，燈和廣播也能自己控制，不再像之前有站務人員不斷地向你查閱證件身分，甚至連在車內抽煙都沒問題。

和我們同車廂的是一個中年人和一個年輕人，沒多久大家就開始談天，中年人一知道我們是台灣來的，就不客氣地說起台灣獨立、飛彈要對準台灣……火藥味十足，還好他過了河南就下車了。年輕人不以為意地請我們別介意，聊著聊著發現他和我們蘭州的朋友曾同住一個四合院，向朋友學過吉他，又和他聊起現在中國城市的一些狀況。不知不覺又過了一夜，車廂就只剩下我們，在火車輕輕敲打著鐵軌聲中，結束我們的旅程。

風雨中我整理起照片裡那些晴朗的風景，雖然才過了兩年，不過也好似很久以前的事了。（2010.10）

# 走！來去迷路

今天下午天氣暖暖的，空氣裡飄著鹹鹹溼潤的海風味，手頭上的工作已經多到擠成一堆，不知該從何下手，嬰兒房裡小孩睡不著難過得哭泣，一股焦躁的情緒在空氣中蔓延，先生終於說：「走！我們開車往山裡去吧。」

這是我們習慣的迷路遊戲，開車往不熟識的山裡走。沒有衛星導航也不看地圖，像遊戲般地遇見岔路後往直覺的方向開去，偶爾還會開到別人家的大院裡，也會經過一些不知名的小村落，一路上沒有預設目的地隨意前進，不知道今天會通向哪裡，或在哪邊結束。

這一天我們往林口的山上開，偶然遇見一座橋，是一個風景很好的制高點，我們暫停旅程，停下車抱著小孩到戶外透透氣，站在橋旁望著山谷的凹陷處，遠遠地可以望見另一座山的稜線。一會兒陸續出現不認識的車子也停下來歇息，有看似偷閒的上班族中年男子，有騎

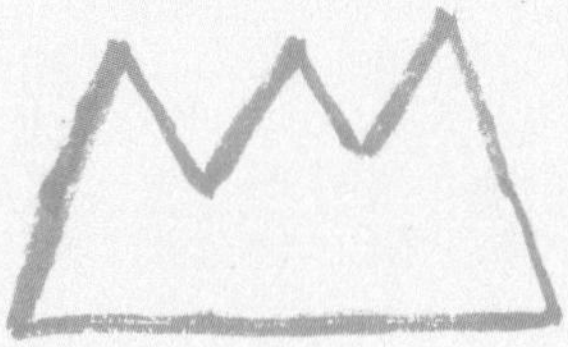

著摩托車的少年，也有像是偷情般的老情侶，大家很有默契地望著美麗的山谷，安靜地吹著風，再沉默地各自離去，像一期一會般。

旅程繼續往更裡面的山中前進，路邊開始出現原始樹林，道路變得狹窄難走，風景也越來越陌生，逐漸地不見其他車輛，整個山空蕩蕩的只剩我們，像是誤闖入另一個時空，我們開始懷疑盡頭是否是一條死路。

又開了一段路，終於遇見一戶人家，遠遠就看見深山裡冒著灰煙，開近一點，一個光著上半身渾身刺青的中年男子，滿頭大汗正奮力往大土窯裡不斷地投入木柴，土窯裡火舌亂竄，兩側的路邊堆滿鐵桶，不知道在製作什麼，他狐疑地望著我們的出現。先生搖下車窗，「請問前頭還有路可以走嗎？」原本看似兇狠的男子露出緩和的表情，撇過額頭的汗，熱情地說：「往前走，左邊的岔路可以去林口山上，右邊往海邊，看你們要去哪？」先生回頭向我確認，「我們去海邊好了。」男子又熱情地描述更詳細的道路。

告別燒柴的中年男子後，前面的道路，變得又更狹窄難走，道路逐漸從柏油路變成泥地，十分顛簸難走，仍然看不見半戶人家，令人懷疑是不是走錯了，還好此時右手邊出現一個小菜園，一名男子彎腰耕作著，好奇望著外來客的我們，「請問一下，前面真的有路可以去海邊嗎？」先生搖下車窗指著前面的泥土路問。

男子停下手邊的工作，「前面還有一段看起來很難走的泥土路，但放心只要走到底，就能接到一條大馬路通往海邊了。」先生笑著點頭，回頭說：「還好我們今天開的是吉普車。」我們充滿信心地繼續往泥土路開，又遇見一對坐在鐵貨櫃裡休息的夫妻，向我們說往裡走沒問題，最後泥地盡頭出現一部橫放的挖土機，先生問我還能繼續走嗎？挖土機看來像是刻意擋住往前的道路。

「看來我們的旅行結束了，只好再往回頭走。」掉頭後，又陸續遇見剛剛的人家，一位一位的解釋因為被挖土機擋住前進的路，所以沒辦法繼續。小菜園的農人又指了另一條一樣可以到海邊但比較遠的山路，我們終於離開了這不知名的村落，最後到了海邊。

離開一般習慣的道路，雖然令人迷惑，但總有意想不到的相遇，迷路有趣的地方便在如此。或許生活也該如此，在習慣的生活模式中偶爾脫離一下常軌，改變一下，也許眼前又會出現另一種從未想過的風景。（2011.06）

# 台南散步

前陣子因為展覽的關係，去了一趟台南，台北到台南開車大約四個小時，三百公里的路程，溫度和溼度就有很大的差異。台北還溼溼冷冷的時候，南部早已是出大日頭的豔陽天，夏季比台北早展開晚結束，氣溫雖然高卻有風，不至於悶熱，溼度剛好，不似台北的夏天總是熱熱黏黏的。

台南是一個古老城市，主要的建築始於十七世紀荷蘭人來台，從地圖上看台南市像一

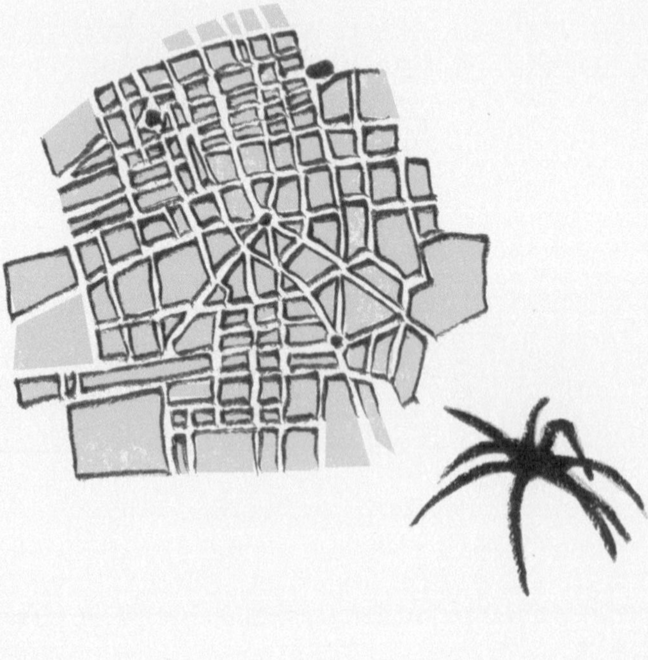

個蜘蛛網，道路從四面向中心點聚集，無論要從哪裡進城，只要往前直直地開幾乎就能到達市中心。台南的朋友說，台南人到其他城市生活時，最難取代的經驗是「小吃」。

記得有一次，和朋友從台北開夜車到台南剛好天亮，一大清早，當地的朋友帶我去吃在地有名的生牛肉湯，新鮮的薄片牛肉經過高湯汆燙就可以吃，嘗起來口感鮮嫩，配合高湯再吃一碗麵，作為一天的開始，挺剛好的。這裡有特色又好吃的小吃相當多，很多店是代代相傳的老店，沒有一兩招真工夫，很難在這個充滿老饕的城市經營下去。

稱為小吃是因為分量不會太大，很適合散步中途休息時享用，既能滿足口腹之慾，又不會過飽，吃完剛剛好再啟程散步，繼續在老街和古老的小巷弄逡巡，四處都能遇見一些古蹟。和朋友一起散步時，總是被叮嚀別在一家店吃太飽，要把胃留給下一家店。

這裡有味道的老房子很多，通常最高是四層樓，牆上有著一些舊浮雕，偶爾還留有好看的老門窗。房租也相當便宜，一整棟的租金，在台北只能租個面壁的小套房。不過就像一般小城市的問題，大部分的工作機會都留在台北及比較大的都市，例如高雄和台中，因此空屋率相當的高，年輕人多半去大城市工作、唸書，只有過年過節，在外工作、唸書的人返家時最熱鬧。

雖然台南以老店居多，但這幾年多了很多有趣想法的年輕人，返鄉經營一些有意思的空間及小店，也有些是更早以前就回來經營的個性商店。佈展結束後，我和先生在畫廊附近散步，經過一家父女經營的二手書店，大約五十幾歲的店主和女兒在收銀台閒聊，女兒說想獨自去自助旅行，爸爸說他不放心。店裡的二手書多是近幾十年的，書的種類還滿多，分類詳細，很容易在書堆裡找到自己想要的類型。

店裡有一小區是過期雜誌，雖然是過時的資訊，但從某些角度切入也挺有趣的，例如我們家有收藏一套八〇到九〇年間的過期科學雜誌，當中一本的主題是對未來生活的想像，古樸的畫風（當時還沒有電腦繪圖）卻預測精準得令人嚇一跳，像是在家就可以看到世界、電腦變普及、電視變得薄小……等。一些家電器具對生活影響的想像，十年後看十年前的科學預測，除了電腦造型在書裡是笨拙的，而現在已是薄的液晶螢幕以外，其他幾乎都滿正確的。因為家裡有收藏舊音響，我們還特地挑了幾本好幾年前的音響雜誌，通常只有過期的雜誌才會詳細介紹。曾經看過最齊全的舊音響雜誌，是在二手喇叭音響器材專門店，老闆通常會收藏當時的報導，當作研究的資料參考。

逛舊書店時，還有另一件有趣的事是書本被使用過的痕跡，可以推敲出上一個使用者。有的會在書邊緣蓋滿私章，或寫下購買地點和日期；有些是朋友的贈書，上面會寫一些贈與主人的原因；有人喜歡畫重點，或者加上註解、心得。買到這類型書，如果遇到想法契合的，還能邊看邊點頭，像開讀書會。

在這家舊書店裡，我買到一套《本草綱目》上、下冊，倒不是特別需要用到，購買的原因是書上充滿前任主人密密麻麻用鉛筆及紅線寫下的註解，在草藥邊還會加上臨床實驗後的結果來證明無效之類的補充，或把一些艱澀的古字翻成易懂的現代用詞，我猜想前任主人是一位非常用功的學生，從上冊認真地註記到下冊，幾乎沒有鬆懈和遺漏。我和先生都覺得挖到寶了，價錢還是新書的一半，雖然暫時用不到，買來翻翻也滿有趣的。

總之，我們在台南塞了一些美味的小吃，帶了幾本二手書，晒了幾天的太陽，再回去我們的台北城。（2009.05）

# 游到對岸了

朋友問我們要不要一起參加橫渡日月潭的活動，因為從來沒有嘗試過一口氣游完三．三公里的經驗，我有點猶豫。三．三公里有多長呢？大約是五十公尺標準游泳池來回游六十六趟。先生鼓勵我：「放心！我會一路游在妳後面，就一起參加吧！我會先幫妳特訓。如果真的不行，在日月潭中間脫下泳帽向救生員揮揮手，就會有救生船靠過來把妳撈起。」

我不是一個擅長運動的人，過去對運動的印象停留在學校的體育課，全班一起做著運動訓練，一段時間後舉行考試、比賽。或許是因為成績不好，對於運動總帶著些許挫折感。畢業後才開始喜歡運動，和先生都是在家工作，因此常常一起去運動。我喜歡可以獨立完成的運動，像是游泳或騎腳踏車，雖然是一起出發，但可以依照自己的步調，慢慢地游、慢慢地騎。像村上春樹說的，慢跑重要的不是和時間競爭，而是能以多少充足感跑完，自己能多愉快地享受。

為了訓練蛙式長泳，我收起了比基尼泳衣，買了一件競速用的連身泳衣，先力求外表看起來夠專業。很會游泳的朋友D借我《輕鬆有效的魚式游泳》的教學DVD，先生也真的展開特訓，天天帶我到泳池教我蛙式。老實說，雖然說要橫渡日月潭，但在幾個禮拜前，我完全不會蛙式，自由式也不太會換氣。平常的游泳大多是在玩水而已。

幾乎是從零開始學習，影片中看似簡單的動作，運用到肢體上，身體卻無法配合。一天一天的練習，身體漸漸地熟悉，慢慢發現可以掌握到訣竅的過程很有趣。雙手撥水換氣時，身體自然往下沉，這時候張開腿划水，雙腿併攏後形成一股前進的力量，等上半身慢慢浮起時再撥水換氣。

重要的是放輕鬆，心情如果可以像散步一樣，放慢步調，肌肉放鬆，來回好幾趟也不需要靠岸休息。一邊游一邊思考自己的姿勢動作，也在游泳池認真模擬，在踩不到底的湖面，如何抱著魚雷浮標休息。

橫渡的那一天，日月潭湧進了二萬多名泳客，從早上五點多就開始陸續依照梯次下水，吃早餐時已經可以看到部分完成橫渡的人回來休息了。

我們是接近中午的那個梯次，換上黑色泳衣，外搭一件T恤，和朋友們徒步從湖邊慢慢走向起點。當日天氣非常晴朗，水溫大約二十六度，很適合下水。站在起點隱約可以看見對岸，湖面被山圍繞起來相當漂亮，直直的水道，擠滿橫渡的泳客。輪到自己出發時，終於鼓起勇氣下水，同一批下水的人，一開始划水時會互相碰觸，手腳撞到其他泳客難以伸展，很容易被嚇到。我花了一段時間調適，踢到或被踢到時不要慌張。

即使在游泳池裡做過很多次的訓練，低頭在湖裡游還是不一樣。在游泳池，我習慣注意池底的線，一邊游一邊計算自己游的距離。湖則不一樣，湖底是深綠色的一片，幾乎看不到任何東西，像是面對一面看不到底的牆。或許因為直線前進太過單調，在腦海自言自語的時間很長，「剛剛漂浮過來的小渣渣是什麼？」「這樣會不會太累？」「真的可以游到對面嗎？」通常都是一個又一個難以回答的問題。

湖面湧起的波浪，載浮載沉，一路上隨著鼓起的波浪被湖面拉起又放下。游泳時大部分的時間是安靜的，僅聽到自己的心跳和呼吸聲。只有把頭抬向水面換氣時，才斷斷續續聽到周圍的聲音。

過程中，我左右腳各抽筋了一次，應該是肌肉太過於緊張，用力錯誤。還好先生一直跟在我背後，不時幫忙拉著我前進，讓我能抱著魚雷浮標休息，拉直腳底板。後來肌肉放鬆了，就扣著魚雷浮標，繼續慢慢地划著蛙式前進，岸邊的聲音越來越清楚，花了兩個半小時，竟然也游到對岸了。

從沒想過竟然可以游過日月潭，這次的經驗是，要完成一項長泳，和肌耐力比起來，專注力和放輕鬆對身體的影響更大。緩緩地低頭，呼吸、聽著心跳和自己獨處，像完成畫畫一樣，一邊耐著性子，偶爾一邊檢視自己，試探自己的極限，如果沒有給自己一段距離去嘗試，也不知道自己原來可以游到對岸。（2009.10）

# 一個人遠足

二十五歲那一年，身邊的朋友都在準備出國唸書，很令我羨慕。於是我辭掉了工作，帶著僅存的一筆錢，計畫去歐洲旅行三個月。那是我第一次獨自旅行，先在倫敦待了一個多月，又去了巴黎、柏林、阿姆斯特丹。

過去我曾經自己出過一本小書《一個人遠足 Be Strong》，記錄當時旅行的美好、有趣，這次就來補充那三個月的不安和倒楣。（2014.04）

**戀愛**

**學英文**

分隔兩地，男女朋友不在身邊，感情不容易維繫，身邊也有幾對朋友因此分手了。我的祕訣是要時常保持聯絡，訴苦或閒聊分享。

為了出國，我特地先去惡補了三個月的英文，那是我最用功唸英文的時候。

**膽小又愛哭**

一個人的美好，是一路上都會有朋友稱讚妳很勇敢。

一個人的自由，是可以隨心所欲地安排行程、下決定，不用顧慮他人，也因為沒有吵架、耍脾氣的對象，不容易生氣。不過一個人有時候很寂寞。

出發前，告別前來送機的男友時，我哭了，其實我一點都不勇敢，常常會不安和緊張。

粗心

因為在台灣拿到簽證當下並沒有打開檢查，在英國入境時才發現，簽證只有兩天。女簽證官看了我的申請資料，微笑請我別擔心，説應該是簽證官搞錯了，請我先到一旁的小椅子等候。

我坐在入境前的那一排座椅上等候，身邊的人越來越多，各種國籍都有，表情一個比一個凝重，都是有簽證問題的旅客，那是我第一次知道那排座椅的用途，和因為自己的粗心帶來的沉重心情。

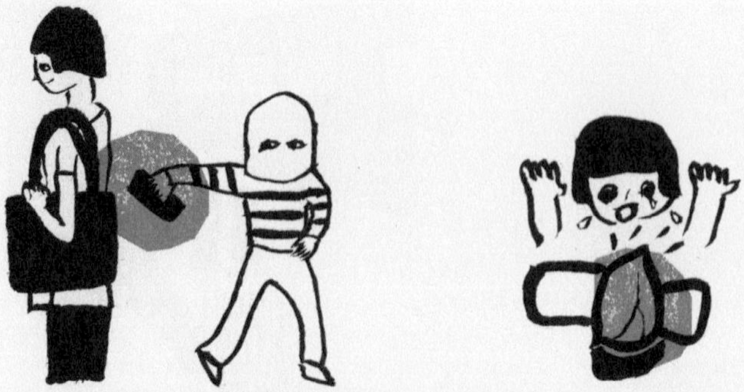

小偷

剛到的前幾天，就在倫敦市集裡，我的錢包被小偷扒走了。

當下滿是錯愕加憤怒，生氣自己已經夠窮了，還成為小偷覬覦的對象，也氣自己因為是外國人，看起來特別醒目，容易被小偷鎖定。

沮喪了幾天，得到的收穫是旅行一定要小心謹慎。

日常生活

花很長的時間散步、晒日光浴。一整天無所事事，觀察路人和街景。外食很貴，我常常下廚，天氣好的時候我會外出野餐。歐洲的酒非常好喝，每天都會小酌一下。

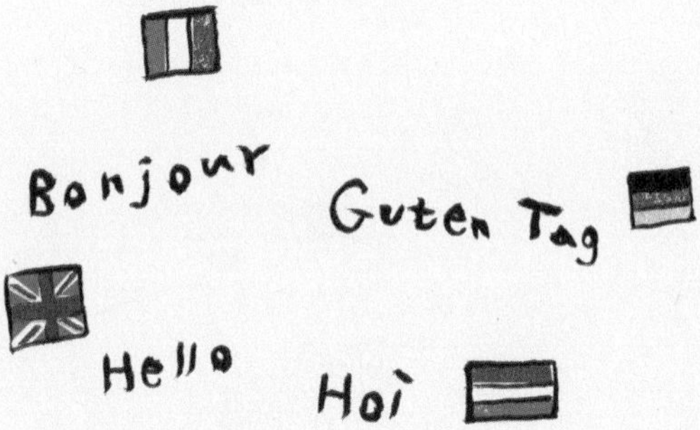


前往和離開

每次要去一個新的城市，我都有點緊張，直到踏上那片土地，聽到當地的語言，聞到城市的氣味，心裡的忐忑才會變成平常心。

每次要告別一個城市，最後一晚，我都有點難過。因為總覺得或許是最後一次見面。

想念台灣

有一晚我煎了一個蔥花蛋，假裝自己在台灣的熱炒店裡。

錢分小袋

因為旅行的時間有點長，我會把錢分成好幾小袋，不安的時候，我會把它們全都鋪在床上，清點確認一次，心裡才會踏實。

每一小袋都有它的名字，金額也都不太一樣。有一週的日常生活開銷、緊急用途、買奢侈品……

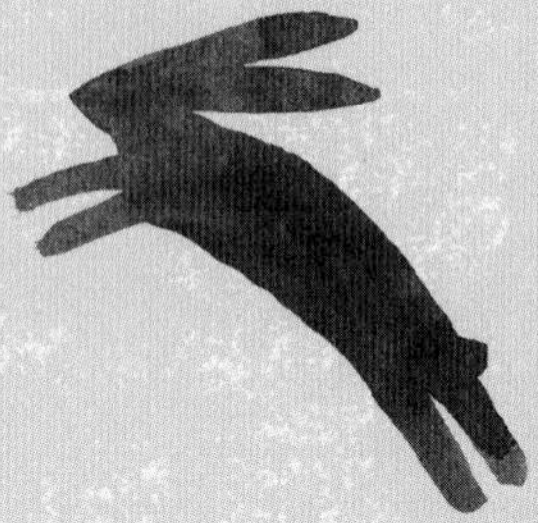

# 第二人生

歡迎你，
我親愛的小孩
在二月九日來到這個世界。

# 繼續日常生活

前些日子我結婚了！當我向朋友提起要結婚，大家開頭的第一句話通常是問：「啊，是有小孩了嗎？」我說：「不是啦！」他們才會接著說：「恭喜！恭喜！」已經結過婚的朋友，會帶著過來人才懂的微笑問：「你們已經為結婚這件事吵過幾次架？」因為我們辦的也是台灣傳統的婚禮，我很能理解朋友話中的意思。

決定要結婚的原因是和男友在一起也好幾年了，另外也為了給父母一個交代，平常從不管事的爸爸說：「結婚不是妳一個人的事，是我們的事。」整件事逐漸從我們倆要結婚變成了嫁女兒和娶媳婦。平常不太熟的鄰居、親戚，突然都變成軍師，幫忙複習古禮，尤其是兩個家族各有各的禮俗，自有一套說法，禮俗甚至還細分到北、中、南部地區的不同。

我們試著學習了解一些古禮的名詞和內容，雖然有時候仍然是一頭霧水，理解的同時還要幫忙交流兩邊家長的想法。我開玩笑地說，整件事像是一個case，業主換成我們的爸媽，整個案子非常的難搞。這個時候，突然羨慕起一對公證結婚的朋友，臨時打了通電話，就說要到法院結婚，請我們幫忙當證人，當時匆匆忙忙換了件衣服出門，幾個小時後就完成了一場婚禮。

要完成一場台灣傳統的婚禮，得做足很多功課，了解習俗、拍結婚照、發喜帖、發送喜餅、佈置新房、準備餐廳……，非常花錢、耗時間。首先是結婚照，新人通常會找婚紗公司，拍一本厚厚幾十頁，在漂亮的場景下穿著禮服，新郎和新娘互動親密，或擺一些pose，一定會電腦修容做紙上整型，最後像明星的宣傳照，大家變得美麗又帥氣，整本花費下來免不了幾十萬。

和日本人結婚的朋友聊起台日結婚的差異，日本的婚紗照只有三張摺頁，身著傳統服裝於室內拍攝，非常嚴肅正式，照片是自己私下留著的，不會放在婚禮現場給朋友看。朋友同時拍攝了日式和台式婚紗照，日本的親友來台灣看到會場一大本的親密婚紗照，都覺得新鮮有趣。

不過因為我們想要簡單的完成，便去買了二手禮服，順便可以在婚禮上穿，拍攝過程使用了一台低階會漏光但效果非常好的傳統相機，找來室友幫忙照相，場景就在住家周遭，穿著婚紗在家裡附近拍了一些生活照，一邊拍還要一邊避免山上附近的墳墓入鏡，偶爾還要閃避路過的砂石車。另外有些場景就在家裡，或是拿正在進行的案子當道具，兩個人實在是不知道要露出怎樣的表情，照片多介於要大笑和憋笑之間。

喜帖本來想用現成的比較省事，但因為自己是做設計的，認識的朋友都說：「怎麼可以，一定要自己做！」在輿論的壓力下，只好自己設計，甚至用印表機列印內頁，裁紙，一封封地綁上蝴蝶結。

發喜帖也是友情大考驗，到底要邀請交情到什麼程度的朋友，很讓人傷腦筋，好久不見的舊識或是剛認識的朋友，都會猶豫著要不要發，過程中一邊敘舊，一邊測量彼此的交情，不過也因此找回一些久未連絡的老友。

真的到了結婚當天，就是一切照雙方家長的交代，完成一個個步驟，現在回想起來，其實不太記得自己到底做了什麼事，很多是早期農業社會留下來的傳統，總之所謂的人生大事，就在一堆親戚的指揮動作下，忙碌地換衣服、敬酒、送客……下完成。

很多傳統現在看起來滿好笑的，例如結婚三天後要回娘家，我媽先打來問我：「要給妳的帶路雞可以用雞蛋取代嗎？」我想雞還要煮很麻煩，便選雞蛋。後來才知道所謂的「帶路雞」是兩隻活生生的雞，必須帶回家飼養一段時間，才能殺來吃。

結婚後，生活還是跟以前一樣，住在一樣的地方，過一樣的生活。需要適應的是要稱對方的父母為爸媽，跟彼此家庭的關係，一切還在理解中。最後就是在忙了一大圈之後，繼續我們的日常生活。（2008.09）

# 靜靜等候

明年春天我們的生活將有很大的改變。

很難想像自己會有這一天，肚子漸漸地鼓起，和過去古老的生物一樣，身體很自然地照著該有的步驟慢慢改變，鏡子裡的身材越來越陌生，卻也不知不覺地漸漸習慣了。

這幾天小孩開始在肚子裡翻滾和踢腿，像是在用力證明他的存在，於是我們開始期待他的樣子、聲音、性別，想像這個未來的成員，是像我一樣的直髮？還是和先生一樣的捲髮？眼睛、鼻子會像誰？臉頰上會不會有小酒窩？也期待自己心境上一點一滴地漸漸轉變，能全心全意地為另一個生命付出，像過去我母親對我那樣地去愛他。

知道懷孕後，三個月時去醫院做了第一次檢查，透過超音波，螢幕上的小生命看起來像條小小的魩仔魚，畫面中一個小白點，放大縮小一閃一閃的，醫生說那顆像小鑽石一閃一

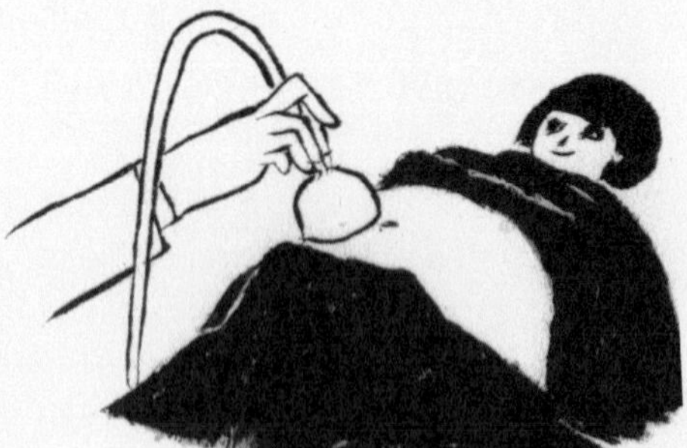

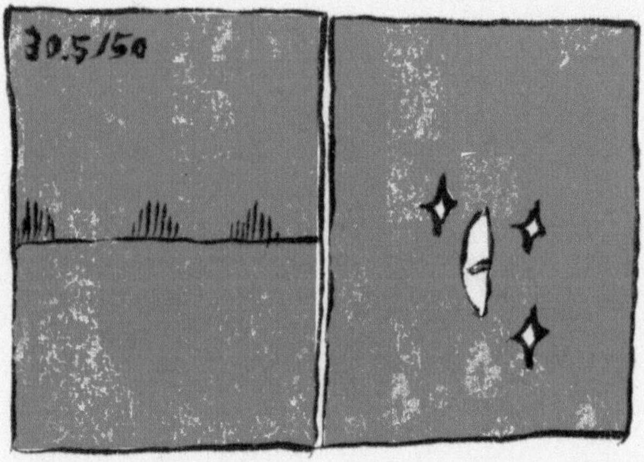


閃的是小貝比的心臟，這一兩天才剛開始有心跳，醫生表示從來沒有人照過心臟第一次跳動的瞬間。接著他請我先憋住呼吸，沒多久很小的心跳聲，噗通噗通地在螢幕上畫成高低起伏的線條，那是我們第一次和他見面，聽見他的聲音，這時候我們的小魩仔魚看起來只是顆會跳動的心臟。

接下來的日子，又回到往常，變化的只有緩慢鼓起的小腹，以至於有段時間我們甚至懷疑肚皮裡面真的住了一個小孩嗎？隔了一個多月，再次去醫院，魩仔魚已經可以看到一顆頭的輪廓，在肚子裡像隻青蛙般地不停向後蹬腿，和我一樣有著高高的額頭，雙手緊緊握拳。我們傻傻地望著螢幕，驚訝實在太不可思議了。沒想到上次只是顆一閃一閃的小心臟，這次已經可以看見頭、身體、手、腳，像個小小的人類。看著眼前的超音波影像，我像是在觀看一部無聲的黑白電影，故事沒有任何劇情，主角只是像個小青蛙般不斷地奮力擺動身體、向後蹬腿。而我卻躺在診療床上，感動地默默流淚，這時我才有了懷孕的真實感。

懷孕的這段時期，除了被恭喜，偶爾也會遇到朋友問我們：「怎麼會想通了，決定要生小孩？」其實在懷孕之前我們也經過一些討論。德國作家葛拉斯（Gunter Grass）的《頭生》小說裡，有對教師夫婦一直在考慮要不要生個孩子，他們討論：「做父母的生下孩子來，要對孩子負責，把一個孩子帶到這世界有什麼好處呢？這世界如今又不是一個美好的、理想的、適合兒童成長的世界。世界上的孩子不是已經太多了嗎？」

我們也曾經嚴肅地想過類似的問題，甚至直到今天，我們也還不確定這樣的時代有孩子好嗎？我們能給予孩子什麼？但這世界雖然有些殘忍和矛盾，卻也有趣美好，先生告訴我：「我想我們只能給他一個堅強的心靈，去面對將發生的一切。」他說他是這樣說服自己或許可以有一個孩子的。

有了小孩後，時常想起小時候父母和我相處的對話。記得有一次我問媽媽這一生最大的願望是什麼，她回我希望我們都能上大學，而且最開心滿足的就是有我們這三個孩子。當時我很困惑，很難想像把小孩的未來當作自己願望的心境，和擁有小孩是件令人滿足的事。直到這幾個月，我還是感到困惑。

好難想像將來的生活要把一部分切割給小孩，到時該如何調整。同時又有點擔心，我是一個沒耐心、無法和小孩相處太久的大人，到時候會不會不耐煩；不過聽說一旦有了小孩之後，一切都會不一樣。那天我問先生：「如果有一天孩子長大了，終於決定自己要做什麼，或者有了自己的事業家庭時，我們卻都不在了，怎麼辦？」先生笑笑地說：「沒關係，能夠擁有陪他一起長大的這段時間就已經足夠了。」

於是，我們靜靜等候你的到來。（2010.09）

# 倒數計時

就在最近進入倒數計時，倒不是每年會經歷一次的跨年倒數，而是兩人生活的倒數結束，新的三人世界即將開始。

這幾天台北冷到近郊的山都下起雪來，朋友B說連不大下雪的三芝，山頂都被灑著像鹽巴般的細雪。不小心受寒的我，一面咳嗽，一面努力地灌著熱水，儘可能想讓感冒快好，然後順順利利地迎接新來的成員，我親愛的小男孩。

隨著肚子一天天的鼓起，肚子裡的小男孩越來越大，我像個袋鼠媽媽，每天懷著小孩笨重地移動。這幾個月裡除了身體逐漸改變外，過去任性的生活作息、飲食方式，十幾年來看似不容易改變的習慣，竟在變成準爸媽後，一下子全都糾正過來，開始變得不敢熬夜，在意計較每天吃的蔬菜、水果，垃圾食物也不敢多吃，連平常愛不釋手的咖啡和酒都不喝了。

倒數等待的幾週心情很複雜，隨著預產期逼近，小孩的到來變得越來越真實。這陣子陸續收到家人朋友送來的小衣服、包巾棉被，和一些嬰兒用品，也開始整理起空間，準備新床墊，洗床單、枕頭套。生活空間也重新思考該如何分配，從原本獨立的兩人世界，轉變成適合小貝比活動的空間。

看著這幾天新增的嬰兒房工程，還是有點不習慣，和先生生活快八年的地方，一開始是單身男子的窩，只有一些簡單的家具和木工工具，直到我的加入，慢慢擴張成兩個人的工作室和房間，房子一點一點慢慢的因為我們的生活習慣，增添新的元素，混合堆疊成現在的模樣。如今，又有了新成員，將有很大的改變。

這幾天，先生的招呼語，是「有點緊張？」「肚子有動靜嗎？」畢竟我們都是新手爸媽，尤其是我，開始擔心起自己是否可以勝任生小孩這項重大任務，時常在心裡複習書本裡教導的生產步驟。同時也擔心身體何時會開始陣痛，得趕緊把手邊的工作告一個段落。孕婦指南在懷孕第十個月的徵兆是「將持續的心不在焉」，畢竟肚子會不時一波波的緊縮疼痛，的確容易緊張打亂步調。

等待陣痛來臨的期間，先生說，身為男孩子實在很難想像。過去一直靠著邏輯思考處理生活、工作的大腦動物，如今在重要的時刻，卻像我們原始的祖先一樣，一切都依賴直覺判斷，時時得注意傾聽身體的聲音。

陣痛的感覺說起來很抽象，沒有精準的依據只有一些形容詞，唯一能參考的數據大概就是痛苦指數有多高，但每個人的狀態都不太一樣。等待在前面的是一個未知的疼痛，有生過小孩的朋友A向我形容疼痛起來像掉入地獄一般，我想這麼痛，應該是生不如死，沒想到就在最近，去過地獄一次的這位媽媽，肚子竟然又鼓起來了。

倒數即將開始，等著我們的雖然沒有燦爛的煙火，但卻是一個新生活的展開，一個和我隔著肚皮，敲敲打打我快十個月的小男孩。不知道他的模樣會如何綜合出我們兩個的輪廓，

期待和他一起生活的未來，卻也緊張著生產的那天，5、4、3、2、1……，期待一切平安順利。（2011.01）

# 甜蜜的負荷

歡迎你，我親愛的小孩，二月九日你來到這個世界。

雖然最近的生活被切割得零零碎碎，也因為身為新手父母，懵懵懂懂而感到萬分挫折。我們期待你漸漸長大，這些歷程將會被記憶下來，在你開始理解語言的未來，再好好向你說，我們是如何經歷這些日子。

今年的農曆新年，在親友的拜年聲中，我和先生靜靜地等待臨盆前的陣痛到來。懷孕這十個月以來，隨著肚子鼓起及身體的不適也悄悄地步入尾聲。預產期後一天一天的過去，肚皮仍舊沒有任何動靜，原來令我害怕的陣痛，竟開始希望趕緊發生，聽說像身在地獄的痛也無所謂了，只求一切平安順利。

原定是預產期的那幾天，一天會接到兩通以上的電話，問候生了沒，遲了將近十天後，開始從原本嘻嘻哈哈的回應，到語帶沮喪，之後甚至不再接聽電話，暫時斷絕對外的聯繫。我試著各種勞動的方式，散步、蹲下……，甚至動工粉刷牆壁。成日自言自語對肚皮說話，「都準備好了，你可以出來了。」突然有點害怕孕期像是永無止盡般不會結束。

終於肚子開始有些微的收縮不適，我滿心歡喜地迎接，心想：「原來，這就是陣痛，還算可以忍受嘛。」專心地細細觀察發生在身體內部的變化，同時也準備起筆紙記錄陣痛的頻率，這時還不知等待在後頭的將是漫長的三十六小時。

陣痛的感覺如今回想起仍舊抽象

很難描述，只記得一旦發生時肚子疼到停下任何動作，唯一能做的只有一手用力抓住先生的手，另一手抓自己額前的頭髮，用力閉上雙眼，還要記得一面深呼吸吐氣，深怕因為忍住憋氣而讓肚子裡的胎兒缺氧，疼痛到無法言語只能低聲呻吟，然後突然一切像沒事的停止，再繼續等待下一次陣痛。

從微弱的陣痛到逐漸規律的劇痛，就在這一波波中，慢慢地將我們推入產房。產房內陸續可以聽到隔壁傳來嬰兒的哭聲，每一次的陣痛我都希望是最後一次。在產台漫長的兩小時後，感覺還是毫無進展，我向醫生求救說，我擔心再這麼下去自己會沒力氣。終於聽見醫生鬆口：「那來用吸盤吧。好，就是這一次。」一會兒，醫生拿著吸盤，護士則用手肘壓著我的肚子，用力地擠出頑固不肯出來的小男孩，在護士清潔下輕聲大哭，我和先生對看，望著用力擺動身體的小傢伙，有種說不上來的異樣感，在懷中的這個小男生，就是之前在我肚子裡拚命踢我的那個，由自己的身體取出一個新的生命，感覺很超現實。

沒想到隨著陣痛的結束，下一個階段新手父母的三人生活又是另一個考驗的開始。首先是一天被切割成好幾個段落而顯得漫長破碎，因為親餵母乳的關係，被迫得和嬰兒一般作息，在他短暫清醒時餵食，隨著他半昏半醒的喝奶，在間隔休息時把握時間讓自己休息，又或者順便處理些日常瑣事，還得擔心自己的母乳量不夠，沒辦法讓他吃飽，幾乎一刻也不能離開他。我戲稱這樣的生活像是在坐母乳監獄，不知道何時才能回復成正常的日常生活，開始期盼他快快長大。

最近仍試圖在不知所措的生活中，找出一種規律的步調，不過在混亂後欣賞他健康滿足的睡臉，我想這就是所謂甜蜜的負荷吧。偶爾還是會懷念過去的美好，問自己為什麼我們要這麼辛苦地生下孩子，過去的兩人生活不夠滿足嗎？先生回答說，把這個問題好好的記下來吧，或許過幾年後，我們會有答案。（2011.02）

# 你的早晨是什麼？

昨天做了一個夢，夢裡我在午後睡醒懶散地披著一頭亂髮，悠閒地在餐桌上喝著咖啡，貓咪在我腳邊愉快地繞著圈，突然間一陣哇哇哇的哭聲，我從夢中驚醒，凌晨四點，身邊的小童突然開始吵鬧，不知是肚子餓或是被惡夢嚇醒，仍雙眼緊閉對空中不斷的揮動雙手，嘟嘟嘟嘟表達他的不悅，我轉身迷迷糊糊地一邊餵著他奶水一邊哄著他，不久我們又各自睡著，這是我最近的早晨。

朋友在Facebook上貼了一張日本攝影師Nanako Koyama作品，標題是「Every morning，Good morning／你的早晨是什麼？」

早晨是一日的開場白，雙眼重新睜開，昨日的疲勞通通卸去，又是新的開始，充滿各種可能。清晨特有的獨特氣氛，起床後從夢境跨越到現實，偶爾醒了又睡，睡了又醒，現實與夢境出現模糊的界限，斷斷續續的像場夢境接力賽般，也難怪對作家而言早晨是充滿魔力和力量的，卡夫卡（Franz Kafka）在《變形記》裡「清晨，葛勒．薩摩迷濛地從夢中醒來，赫然發現自己變成了甲蟲」，捷克作家伊凡．克里瑪（Ivan Klima），在《我快樂的早晨》這本書裡，描述一個星期裡每天自清晨開始，所發展出七個荒謬又普通的日常故事。

談論到早晨絕對離不開早點。早點的廣義解釋是睡醒後的第一餐，空腹了一晚，用早點刺激味蕾展開一日的想像。可以是台式的，用白米熬成粥，配上一塊豆腐乳和小菜，或者一杯豆漿配上燒餅油條和飯糰。

空氣微涼時，在餐桌上來趟小旅行，想像在巴黎街頭，來份法式早餐。法國和南歐會在早晨時吃一些脆的糕餅，配上一杯咖啡或果汁，有趣的是在古時的歐洲，香煙竟也是法式早餐的一部分。需要養足力氣奮鬥時，來份日式早點，盛上大大的一碗白米飯，打一個生蛋在上面，再配上幾道小菜和烤魚。

前些日子拿下范克萊本（Van Cliburn）國際鋼琴大賽冠軍的日本人辻井伸行，他是位天生的盲人，記者問他在比賽當天做了些什麼準備，能有如此好的表現。他回答說，「對他來說很重要的是要和平日一樣，比賽的那一天，在早晨請媽媽做了一份日式早點，就像在家裡一樣，這讓他能保有平常心。」在緊張重要的日子，吃一份和平常一般的早點，作為早晨的開始。

不過早晨也不全然一定都是清醒的，曾經有段日子，我和先生的作息幾乎是日夜顛倒，奢侈地在早晨呼呼大睡。半夜不睡覺，我們喝點小酒，聽音樂或看部電影，接近清晨時鳥鳴聲逐漸大聲，這時我們會帶著睡意到戶外散步。太陽才剛冒出頭，空氣裡還有點露水的味道，白霧還沒全然散去，氣味是冰冰溼溼的，金色的陽光在沾滿水氣的葉片上閃爍，當太陽開始有點刺眼，轉身回家關上窗子，裹著美好的清晨景象一塊入夢。

當然有了小孩後，任性隨意的生活也暫時變得如昨日夢境般。現在最棒的一天的開始，是在早晨懶散地賴在床上談談昨天晚上做的夢，或想著一天的計畫，直到肚子有點餓了，其中一個人忍不住起來準備早餐，另一個招呼半夢半醒的小小孩，然後餵飽自己和小動物們，看著還在做夢的小孩，吃飽酣足後展開新的一天。

於是，你的早晨是什麼？（2011.04）

# 我們的餐桌

朋友D問到：「妳會不會因為做了媽媽後，擔心起小孩吃的東西啊？」老實說，有小孩之前，我的確沒有這麼在意自己吃下了什麼，但從為小貝比準備副食品後，開始會注意新聞、書籍中對食物的報導和文章，才發現我們從小到大習以為常吃下肚的食物，很多其實是充斥著農藥、除草劑、化學肥料殘留。想到小小孩還在成長的身體就得容納這些毒，便不得不為他擔憂。

最近因為塑化劑的關係，紛紛開始留意起吃了十幾年的加工食品，原本不該加入食物中的原料，大家卻沒有察覺地吃了幾十年。甚至連原本認為是有益身體健康的蔬菜、水果，添加的毒物劑量（例如農藥、化學添加物……）只要在規定範圍內，就可以販賣給消費者，我們再將有毒的物質吃下肚。這看似不可思議的邏輯，卻已是我們行之有年的飲食習慣，仔細

想想真令人感到困惑。

這陣子看了兩部關於食物的紀錄片，歐洲的《沉默的食物》（Our Daily Bread）、美國的《美味代價》（Food, Inc.）。《沉默的食物》畫面從一張餐桌，一頓早餐開始，導演走訪歐洲各地，用兩年的時間忠實記錄歐洲現代化的食物生產線，透過鏡頭，找出日常吃下肚的食物究竟是如何被製造出來的。影片中，農畜工業化後，為了追求高效率、降低成本和大量生產，植物和動物也像工業零件般，在設計過的生產線上被快速有效率地分工處理，整部電影沒有劇情、配樂、文字說明，只有寫實的鏡頭切換，加上工作現場的錄音，雖然沒有批判的口白，但看完你自然會有屬於自己的答案，且內心滿是複雜的情緒。

《美味代價》也是類似的主題，影片從超市開始，指著架上罐頭的包裝，圖片是典型美好的田園景象，有山有草地，牛群悠閒地啃著牧草，但導演告訴我們農業早已經不是我們想的那樣了，牛群的主要糧食來源是玉米，而傳統的農村已經被工業化的農場所取代。影片也同樣追蹤食物來源和生產過程，討論美國為了能大量有效率的生產食物，而使用了藥劑、各種不自然的畜養方式，對自然生態、農人、消費者造成負面影響，且更進一步討論到穀類種子的企業壟斷，和肉品受到大腸桿菌感染的食安問題。而近來新聞中在歐洲爆發的食物受到大腸桿菌汙染事件，似乎也在印證片中陳述的問題。

乍看之下，影片中美國和歐洲的農業問題似乎距離我們很遙遠，但食物的流通販售是全球環環相扣，尤其在現代全球化的自由貿易下，就如同市面上常見的蘋果，現在多是進口，市面上也能買到基因改良的食品，根據行政院農委會進出口資料，二〇〇九年台灣進口的農產品當中，來自美國者就占進口總金額的三分之一，其中最多的就是玉米、黃豆、小麥，這些來自美國的糧食與食用油作物，大部分是基因改造，而這就是《美味代價》中所提到的孟山都（Monsanto）種子企業。

另外關於農藥，最近美國民間環保報告指出，百分之九十八的蘋果發現有農藥殘留，而且檢測前已經先洗過、削皮模擬消費者的食用習慣，仍然有農藥殘留在其中。有趣的是報告文末補充「人們不應因為農藥殘留而拒絕進食水果和蔬菜，畢竟蔬果給人體帶來的好處要超過微量農藥殘留可能帶來的潛在危害，但人們最好還是選擇無汙染的有機食品。」似乎食微毒的蘋果對大家來說是一件可以接受的事。

和朋友D聊到這裡，對餐桌上的食物已經完全喪失信任。朋友笑說其實買無毒農業*的農產和逛小農友善市集，選擇當季在地的蔬果，少吃進口食材就好。我想選購食物，也等同於是認同農人耕種土地的方式，我們對待土地的態度，也包含在我們吃入口中的食物。

一頓自然且無毒的美食，應該才是正常合理的，該慢慢地拒絕掉那些微量或是可以接受的毒劑加入我們的食物和土地中。有機和無毒食物看似昂貴，但快速、廉價的生產與耕種方式，或許長久來說要付出的代價更大。（2011.07）

*無毒農業：泛指生產無化學藥劑殘留之農漁畜產業；不噴農藥、不施化學肥料、不含抗生素的「無毒農業」，經無毒檢驗流程合格的農產品。

# 三十、五十、七十

過去對某個年紀的數字有些想像，十八歲是可以嘗試很多不能做的事；二十七歲俱樂部*的傳說，搖滾巨星活不過二十七歲；三十歲或許是該有一番事業；四十歲之後就是中年人；自己五十歲的樣子更不曾想像過。不過沒想到快三十歲了，我還是不知道以後會如何？要過怎樣的生活？

山田太一《與幽靈共度的夏天》裡，主角的父母在他十二歲時過世，四十八歲那年夏天，他遇見了死去的父母，是停留在三十九歲的父親和三十五歲的母親幽靈，他們一起在兒時印象中的房子裡喝著啤酒、談天、玩投接球。故事裡的主角感嘆，即使是四十八歲的我已經比三十幾歲就過世的父母年齡還大，但仍然像個小孩般被對待，不過有時候又像成年人一樣交往互動。「我有想發笑了。還是個孩子那時候，以為父親是一個打架厲害、永遠沒有空的男人，但實際上，父親卻是這樣一個說話冒冒失失，明明知道不行了，也拒不認錯。」

我覺得這個小說帶著隱喻，讀起來相當有趣，頗能引起我的共鳴。小時候總是抬頭望爸媽，他們像一座高不可攀的山，慢慢地長大了，唸書、出社會經濟獨立後，山越來越矮，我們之間的差距也越來越小，爸媽也開始依賴我的意見，有時候我會有一股錯覺，他們的歲月停住了，一直還是當初那二十幾歲時生下我的年輕父母。

那天媽媽生日，我和外婆陪了她一個下午，外婆問我：「現在幾歲了？」我說：「過了新年就三十歲了。」外婆感嘆地說：「時間過得真快，還記得我也曾經是個小女孩，十七八歲的查某囡仔，成天和查某伴們，一起車衣服（台語），晚上打通鋪，躺在床上聊天。後來結婚，兒子、女兒出生了，一轉眼就當了阿嬤，幫忙帶孫。沒想到今天我女兒竟然也五十歲了，接下來就是你們的時代了。」

實在很難想像外婆十七八歲姑娘的樣子，手邊只有一張外婆二十幾歲少女模樣的黑白照片，照片裡的她穿著短袖旗袍，燙著時髦的短捲髮，像個明星似的，一點都看不出來她生活的時代很辛苦。外婆的故鄉在彰化二水，濁水溪旁，童年時二戰還在持續，天空常常會有轟炸機經過，她說有一次空襲警報響，情勢特別緊張，大家都覺得這回應該躲不過了，在這樣絕望的氣氛下，突然間有人說，既然要死，起碼不要當餓死鬼。於是外婆的爸爸召集一家人，把家裡所有能吃的都給料理了，熱熱鬧鬧地煮了一頓大餐，全家人圍在一起吃人生最後

一餐，結果沒想到大餐吃完了，大家也都安然活了下來，反倒是家裡的雞鴨、糧食全數清空。

他們的童年記憶場景，時常有轟炸機、從天而降的炸彈、埋在田裡的未爆彈。外婆說那時環境不好，討生活不容易，大家都傻傻地去取啞彈的金屬賣錢，直到有一次啞巴鄰居撿到一個啞彈，想要把它磨成裝飾品送人，磨著磨著竟然就爆炸了，把他和他周圍的朋友全都炸死了。

在那樣時代的外婆，因為要幫忙家裡工作，更是不可能上學。外婆只認識四個字，自己的名字和外公的姓。外婆請我們要好好珍惜能夠讀書的機會，她說童年的日本時代規定所有的小孩都要上學，因此學校的老師會特地來家裡請她去學校上課。直到家庭訪問那天，外曾祖母推說是小孩沒興趣上課，外婆傻傻地望著老師，流露出很希望去上課的表情，這時外曾祖母偷偷捏著她的大腿，外婆才哭出聲說她不想上學。

外婆說每次提起這段往事，回憶總是歷歷在目，我也很替她感到遺憾，外婆雖然不識字，但所有的歌詞只要聽過兩次，就能一字不漏地唱出，記憶力比我們都好，腦筋轉得又快。二十幾歲為了養家掙錢，和外公離開自己的故鄉，到台北來當女工，身兼數職，一輩子勞碌為了生活賺錢打拚。

這幾年，可能是我慢慢也長大到差不多是當時父母的年紀了，雖然時代環境不一樣，但真的很難想像如果是自己，二十幾歲還像個孩子，卻帶著三個小孩，又要工作又要陪小孩，生活到底要怎麼過。更能體會他們到底為了我們犧牲了什麼。

以前和媽媽鬧意見時，她總是舉老鄰居的例子，有一個女兒還沒出嫁時脾氣很壞，總是跟爸媽使性子，後來生完孩子後，她馬上打電話給媽媽，哭著說過去鬧脾氣很對不起。小時候覺得這故事好老掉牙，尤其媽媽總喜歡一提再提。生日那天她又說了，但不知為什麼這次這個一再被重複的故事聽來卻不怎麼一樣了。（2009.04）

＊二十七歲俱樂部（27 Club）是一個流行文化用語，指由一群過世時全為二十七歲的偉大搖滾與藍調音樂家所組成的俱樂部。

# 研人的字典

我的兒子研人，學說話的速度很慢，到兩歲都還不太會講。兩歲那一年我很認真地教他說話，唸書、唸日常周遭的物品名稱給他聽。記得有一次我指著車窗外的車子、橋、樹……，希望他能跟我複誦，研人只是笑笑地安靜聽我說話，當下我還有點沮喪。

不過一轉眼，三歲多的他，已經問題一堆，常覺得他骨子裡根本藏著一個碎碎唸的歐吉桑。當初那位令我擔心的沉默小孩是長怎樣，我都不太記得了。

有一次香港作家陳曉蕾來我家，聽到研人的童言童語，說：「小孩子說話，實在太有趣了，應該幫他出一本研人字典。」研人的字典裡，常會蹦出一些令我們驚豔有趣的詞彙應用，或者是自己原本慣用的詞彙，透過小孩的學習模仿，像照鏡子般，檢視自己的言行、習慣，實在非常新鮮。

這個時期的小小孩，他們說話、想像事情，有時候突兀得異想天開，但時又世故得令人印象深刻。那是我們已經失去，刻意也模仿不來的。小小孩們很認真地使用每一個字每一個詞，自由且實驗，就像是一位天生的詩人。（2014.04）

〔狀聲詞〕

零歲時，小研人發出的第一個重複、反覆應用的短句。貝比喝母奶的滿足聲。

〔名詞、動詞、形容詞〕

消防車鳴笛聲。一歲時因為看了《消防車吉普達》就深深著迷上消防車，會講的第一個詞彙就是「喔咿」，喜怒哀樂都是用「喔咿」表達，可能真的以為自己是一部消防車吧。

〔高級〕抱抱我

〔最高級〕抱緊我

研人很討厭睡覺，睡前會心情不好，會哭，會藉機想死掉的阿拉，被貓咪弄死的壁虎……。睡前一定要抱他，而且要姿勢標準，用力地擁抱。

〔反義詞〕不好笑

做錯事，不肯認錯的尷尬氣氛中，研人會想辦法搞笑。

「媽媽，我是一隻咕咕咕的公雞（做出動作，學公雞大叫），很好笑對不對？」然後誇張地捧腹大笑。此時若沒有人理會回應，研人會自己收起笑容，沉默冷靜地說：「其實不好笑對不對？」

〔動詞〕

例句：1. 媽媽，等妳長大以後變成小朋友我再餵妳吃飯喔。

2. 媽媽，以後我長大工作的時候，妳是不是也不能吵我？

3. 我長大以後四不四就會變成別人了？

〔形容詞〕

媽媽的工作是用電腦、畫圖。

研人的工作是玩遊戲、看書、收玩具、吃飯、睡覺、哭哭、去保姆家……

他不想工作時會說：「可是，我的工作壞掉了。」

# 計程車叔叔

〔名詞〕

不是長大後想當的，他現在就是計程車叔叔。

例句：「你是廖研人嗎？」「不是，我是計程車叔叔。」

# 四不四

〔疑問詞〕

「四不四」是「是不是」的不標準發音。說完想法或下了結論後，習慣性希望能獲得大家的肯定和支持。例如：「媽媽，打人就是不對，四不四？」

# 一二三四五六七八九十

〔應用句型〕

聽說烏鴉會數數，但最多只能數到七，數量超過七不論多少都還是七。因此烏鴉的小孩只能有七隻、撿東西只能撿七個。

三歲的研人也會數數，最多最少都是數到十。如果現場有四個人，問他：「今天，有幾個人啊？」他會很認真地邊指邊數：「一、二、三、四」，然後手指繼續揮向空中或別處，「五六七八九十」，肯定且認真地說：「媽媽有十個人。」

# 美味的代價

再見了～我的青春
自由的單身生活

小孩出生的那瞬間，我和拿著攝影機的先生互看了一眼，
雖然已經做好心理準備，但看到從自己身體裡取出的
新生命，仍然有種奇怪，不真實的感覺。

即使到了現在，我還是會懷念可以隨時隨地放下一切，
一個人去旅行的從前，或者去看場午夜電影，和朋友
聊天到深夜，然後呼呼大睡到午後。

不過，我還是很愛我兒子，很多時候我會緊緊的抱住他，
聽他咯咯清脆的笑聲，軟軟地喚我聲媽媽。
和小孩子在一起的幸福，就像想吃一道好料理，得花時間
用心的烹調整理，過程瑣碎累人，是廚師才知道的
辛苦複雜滋味。總之就是很累人，又很好吃。(2012.08)

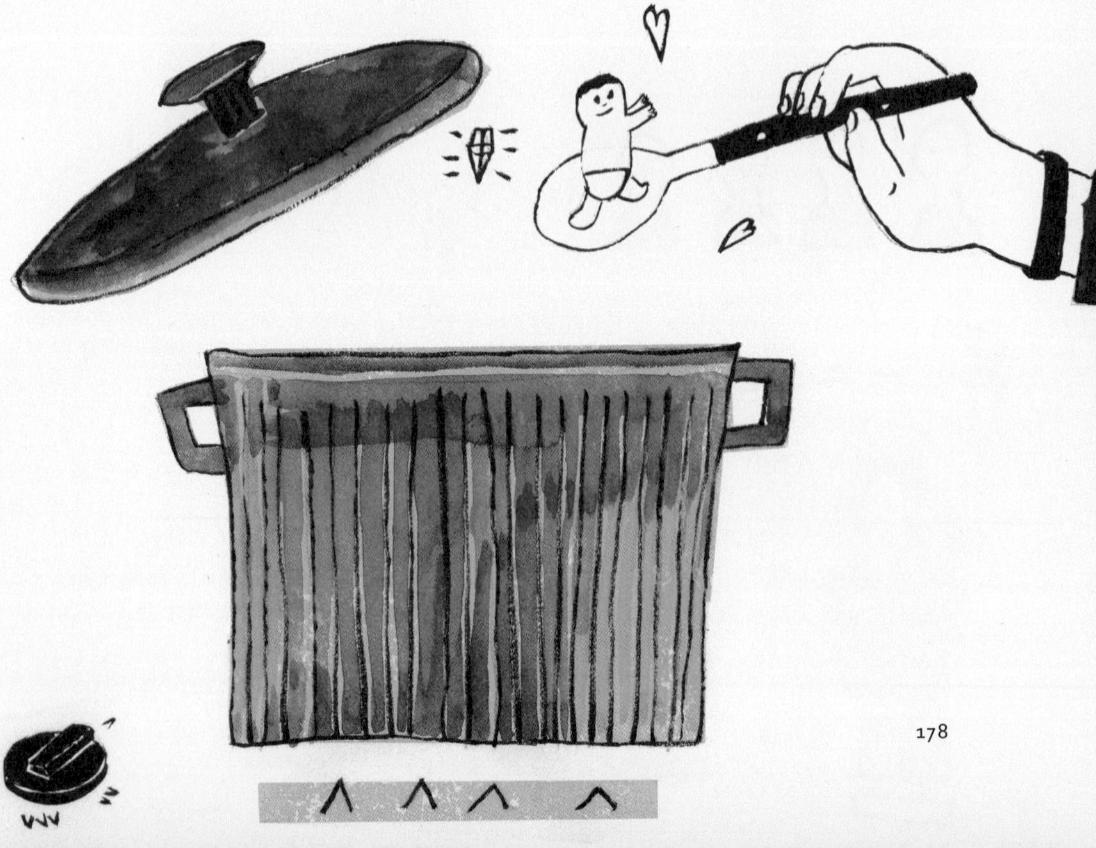

我是有了孩子才開始學做媽媽，
和他在一起的這一年多以來，
我們都逐漸有了些許不同。
"陪小孩"這道料理真的不簡單

**1**

尖叫聲、哭鬧聲，能像置身叢林中
聽蟲鳴鳥叫般自在，等小小孩發洩
完後再陪他一起克服情緒的問題
不過也有快受不了的時候。

**2**

雙眼化身做監視器，看似放空，其實
繃緊神經 隨時盯著蠢蠢欲動
的小 baby，想休息時
還得和爸爸換班

**3**

家常便飯
處理大便、小便
真的不算什麼

**4**

骨骼強壯、重量訓練

隨著小孩長大，3公斤、5公斤、10公斤……
加上每天走上十幾分鐘的路程

自由誠可貴 這大概是美味的代價。

但被小 baby 深愛的感覺 很幸福。
在你生命最初、最單純的前幾年，
很高興能和你一起度過。
辛苦複雜的甜蜜滋味。

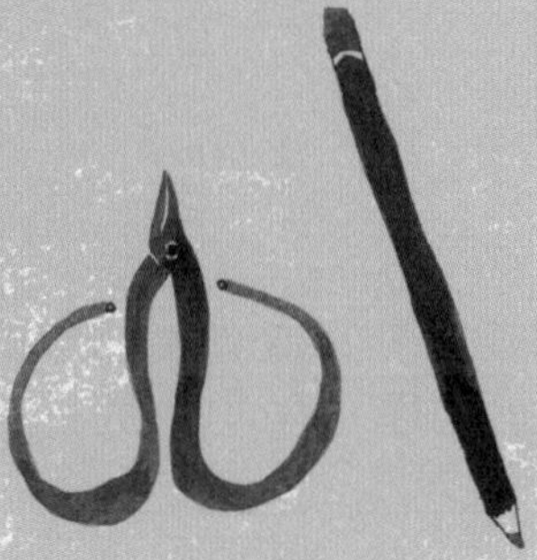

# 創作自語

一個人工作，
多半時間是沉默的，像獨自慢跑。
先生老是笑我畫圖時禁忌很多，
最怕別人不經意從背後走過，
因為一點點可能被誤會成輕視的眼神都足以殺了我。

# 手感

「手感」，是用來形容這樣東西看起來有手工製作的痕跡，或者有著被使用過的痕跡。

谷崎潤一郎在《陰翳禮讚》裡提到東方的美學文化中，有所謂的「雅緻」，意即比起鮮亮的顏色，更偏好沉鬱陰翳的東西。中國有「手澤」一詞，日本則有「なれ」一語，均指人手經年累月碰觸之處，在被撫摸得滑碌碌的同時，皮脂自然滲入其中所形成的光澤，谷崎潤一郎認為相較起西方人非得將汙垢清除得一塵不染，東方人卻反而將之鄭重的保存下來，並且就此美化。

以前還在設計公司時，熟練的師傅在製作包包時，總是把縫線車得又直又漂亮，有一次我們希望能有手工的笨拙感，形容了幾次手感的意思，卻始終不得其法，後來乾脆拜託那些厲害的媽媽忍住技術，故意把線車歪幾條。

我喜歡自己做的東西或者是那些有著歲月刻痕的老東西，手感的定義聽起來很抽象，或許是來自於對自己做東西的印象，總是因為技術不好，有著笨拙的氣質。但相對於大量規格化做出的圓滑，手感就像小孩子剛開始學畫畫，有點原始，還未受影響，沒有一絲匠氣，保有手操作過的痕跡，不論是使用還是製造。

前些日子，認識一個朋友，今年十月在台北華山藝文中心策劃了一個展覽，有別於一般展覽是作品最後的呈現，他們做的是作品的源頭，還在工作桌上發想的階段。他說這幾年因電腦工具的普及，很多建築師都改用３Ｄ繪圖來做建築模型。而他們想要展覽的內容是建築師還在紙上構思的階段、實體的建築模型。攝影師用俯角拍下幾位建築師的工作桌面、建築師的筆記本，作品的發想草圖也讓觀眾翻閱。

我也參加過主題是筆記本的聯展，展出的是自己使用過的筆記本，各式各樣的本子都有，光是外觀造型便能透露出主人的個性和習慣。

我喜歡自己做筆記本，從選擇自己喜歡的書寫紙張開始，一張張摺成自己喜歡的開本，用裁縫機一疊一疊裝訂，再用白膠黏上書皮後等上一晚。雖然很費時得花上一整天，但卻可以使用半年，而且是按自己的習慣量身訂做。

部落格發展後，很多人寫筆記本的習慣就從紙張轉移到電腦上，就像習慣了e-mail的方便及時，便不大動手書寫信件。但是私人或重要信件，我還是比較喜歡親筆寫的信，電腦字印象是電影裡如果要寄一封不想透露身分的信件，用報紙字剪貼拼湊出內容，沒有個性無法辨識身分。

手寫字除了信件的內容外，透露著情緒，像講話大聲小聲，急促或是緩慢，字跡潦草或是謹慎，字體大還是小的，都表現出當時的心情和情境。想起一位日本作家說的，他常常會收到喜歡他的讀者來信，當他收到用正式和紙書寫的信件，那就好像有人穿著很正式的和服，敲著門到家裡來拜訪。

新的或買來的物品很容易標價，和自己相關的卻是沒有價格，反而因為如此很多舊的好東西，大家都不知要珍惜。前幾天家裡撿了一個大的木衣櫥，是之前鄰居裝潢，把家裡所有的家具汰舊換新，丟掉的一個阿嬤衣櫥，聽說這是他們家阿嬤結婚時的嫁妝，樣式很古典，十幾年來仍然保持得很好，全部是古早時代的老師傅用檜木做出的卡榫結構，包含著時代和家族記憶的櫃子。

或許就像和去英國唸書的朋友談的，他一開始去英國很驚訝，一個這麼先進的國家，創造出世界最新的東西的城市，怎麼會這麼古老，林立在城市的房子和雕像是好幾百年前就有的樣子。在歐洲，過去和現在甚至未來存在同一個空間，他們重視的是自己的文化和根源，站在這樣的基礎上發展。保留下來的是因為他們的祖先就開始這麼做，文化是好幾百年的人們共同累積出來的，有最古老也有最新的。

手感或許看起來總是陳舊笨拙，但那是和自己的記憶有關的手作、老東西，也是最初和開始。（2009.10）

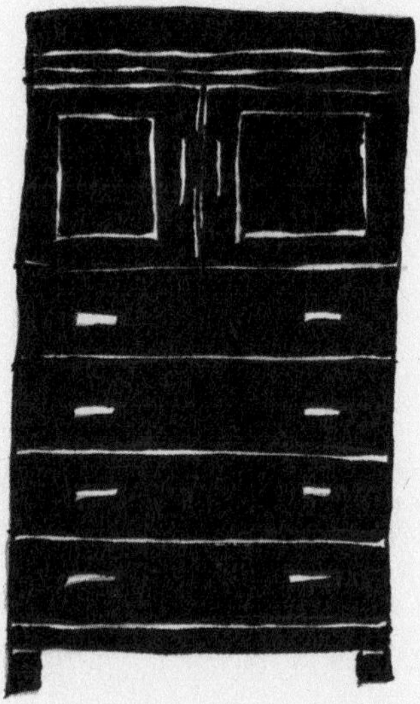

# 做陶

## 第一堂課

小學的時候，媽媽讓我去西門町旁的YMCA學陶，現在留下來的是當時用手捏的一個有張豬臉的車子造型筷枕，和看起來有點像河豚的杯子。

第一次學用轆轤時，老師教我先將陶土當作洗衣服一樣反覆搓揉，作用是將陶土裡面的空氣擠出來，燒製時才不會因陶土含有空氣，而讓作品產生破洞或裂開。

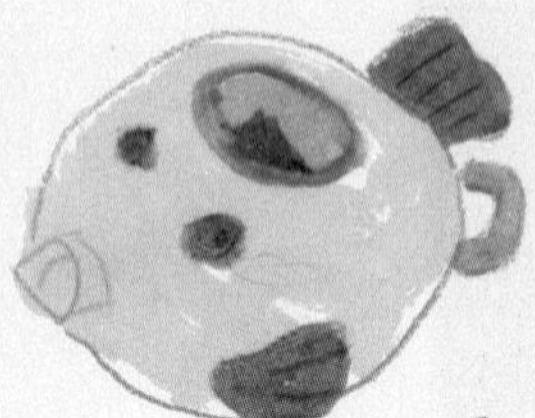
2
看起來有點像河豚的杯子

1
有張豬臉的車子造型筷枕

3
趕工時期

## 鶯歌趕工時期

因為去日本旅行時總會帶一些陶器回來，突然想那何不自己做。於是報名了陶藝課，先生取笑我報名費拿來買陶器會不會就剛好，他還開玩笑地算了一下，我需要做多少個，成本才會划算。

被激到的我真的為了讓全家的杯盤都齊全，拚了命地做。用功程度，連老師都忍不住說：「妳是鶯歌工廠派來的嗎？」朋友D後來笑我：「春子趕工的階段就像是日本在二次大戰後先求有，等到一九六〇年代才開始講究縝密思考的產品設計。」

## 講究設計時期

隔了幾年，又開始懷念起上陶藝課。這次家裡的道具倒是不缺了，純粹是為了想摸摸土做些東西而又開始上課。

我喜歡陶土握在手中，溼溼溫溫的觸感。和畫圖的平面工作不太一樣，土是立體的。一開始先在紙上設計好草稿後，慢慢將土塊揉成泥條或敲拍塑型成一個粗胚，用雙手感受，以拇指和食指去測量土的厚度，再旋轉它，並用不同視角去檢視造型，形體大致確定了以後，再一刀刀地將多餘的部分削去，逐漸符合心中要的型。

做陶是一件很科學的事，做好了土坯，陰乾後就要先進行第一次素燒。

素燒好了便是上釉料，上釉料的方法有很多，但是一直到燒出來前都很難確定最後的樣子。一方面是釉料在進窯燒後的顏色，和原本淋在土上的顏色完全不一樣，只能拿先前燒過的試片作參考。另一方面是燒的溫度、釉料的厚度……都會影響最後的呈色，變數還很多。

（2014.04）

4

**陶碗**

在花叢裡跳舞，
貓咪拿著花做的扇子
跳著自己發明的舞蹈。

5

**下雨的森林中**

狐狸先生偷偷地跟蹤著
母雞小姐。
第一次用泥條做出來的
陶瓶。

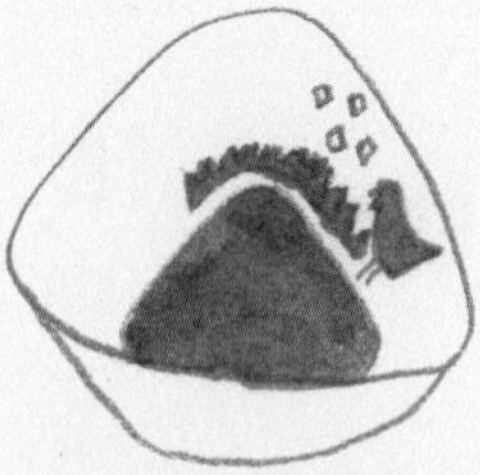

7

草地上的馬

8

6

**三角盤**

鵝卵石 1 號、2 號

用來裝湯或淋燴飯的湯汁

剛剛好，最長的一邊

約 22cm。

**陶罐**

狐狸先生從森林一路

追到了草地

我現在拿它來裝茶葉。

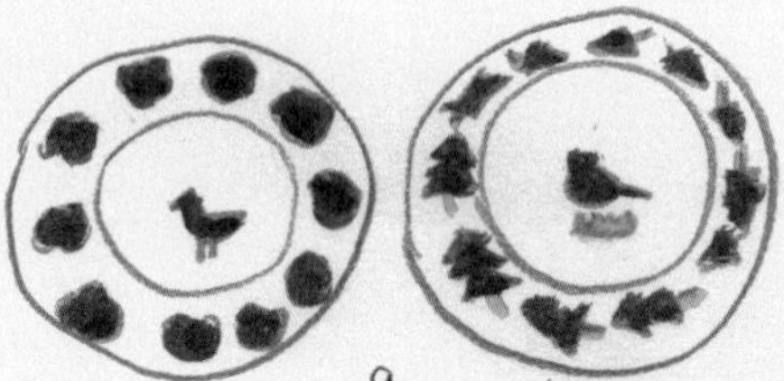

9

**我是雞、你是鼠**

都是吃義大利麵用的

盤子。

10

**燒焦的閃電**

因為釉料上太厚，

粉紅色的閃電燒焦、破掉了。

# 自由工作者

我的前老闆湯姆，曾在《蘑菇手帖》NO.34〈自由的自由工作者〉的採訪後記提過，「對自由的藝術工作者來說，作品的好壞評價是非常要緊的事情，自己對作品的要求永遠多過客戶對象，除此還需要考慮你的風格、工作內容與對象是不是足以維持長久，這是個很嚴肅的事情。」

能依照自己的本領，自由而專心地做自己喜愛的事情是很多人的夢想，但也因為只有一個人，得身兼數職，校長兼撞鐘，往往不得不分心。

過去在上班時，我的工作是一名設計，在體制內只要專心做好自己的工作就好，其他的事，我可以分工交給專業的業務或企劃人員去處理。但獨立工作的前幾年，除了得擔心收入不穩定外，還要學會估價、報價和與人應對。收入穩定了一些，新的煩惱也跟著來，要學習安排工作時間，如果工作都擠在一起，就得衡量自己的能力是否可以負荷，取捨和婉拒也是一門學問。

因為在家工作，沒有上下班的打卡制度，工作和私人生活的時間很難做切割。就如同工作接案和自己的創作很難區分一樣。有一次和同是自由工作者的紀錄片導演H聊到，對創作者來說，乍看之下好像可以把案子和創作做區隔，因為前者有業主對象，為了賺錢難免有些妥協；後者是基於理想，為了自己真正想做的題目。

但有時候這之間的界限，比想像中的模糊。對於觀者、讀者而言，案子成果或創作都是這位創作者的作品，其實沒有這麼大的區分，而案子因為要投入付出的心力和時間其實也很多，一定會對創作上的思考有所影響。

雖然案子也大多很有趣，但如果忙到連生活、假日的時間都沒有，我有時候會質疑，自以為的自由會不會只是一種假象。因為大部分的工作還是為了賺取現實生活費而不得不奔波，用時間和勞力換來維持生活上的開銷，忙碌的時候連生活都被犧牲了，一旦沒事又會感到不安。有時候深覺得自己在這樣的社會結構裡，還是一位奴隸。所感受到的自由與愉悅，如同一八六〇年代的美國黑奴所享受到的小音樂會那般：「……為我的黑人蓋幾棟舒服的房子，有間大屋子是孩子的托兒所……還有件事不得不提，我有位很好的提琴手，我給她很好的琴拉，要她每個星期六為黑人演奏至午夜十二點為止。」

因此能想到的辦法就是在工作之餘，持續且主動做自己感興趣的題目及創作，和朋友一起自製的獨立刊物《風土痣》大概就是在這樣的狀態下催生出來的。我們希望能繼續在獨立刊物裡，實驗和企劃執行自己想做的事情、關注的議題。

《風土痣》從二〇一二年冬季試刊號〈醃漬〉開始，雖然起初取為痣是因為諧音搞笑，但後來確定下來後就將刊名定義為「將風土地域的標記視為土地上的痣」，我們關注的題目是從農漁業延伸出的食物、人物與民藝等在地文化，此外也希望能再多一點關心環繞於日常生活的人事物。

在工作之外擠出一點時間給自己，

雖然賺不了錢，但《風土痣》也讓我們認識對這些題目有相同興趣的讀者。同時也回到初衷，思考到底自己想做怎樣的事，進一步主動定義自己能做的事，讓人找我們合作。

而獨立工作這幾年來，也不是完全順遂，有時候也會遇到瓶頸和焦慮。最近我就遇到一個做了快一年的案子，到了最後關頭，才發現自己畫不出來。朋友D安慰我，就當作遇到一座難爬的山，爬過了就能看得更遠，更清楚。在難過自己的無能和限制時，想一想，或許遇到問題也不是壞事，有了問題才能尋求解答，清楚自己缺乏的能力，再設下目標去克服，這也是自由工作者需要面對的功課之一。

自由不自由？突然浮現出一個畫面，那是一位日本畫家貼在牆上的一句話：「樂在其中」。（2014.04）

# 我是讀書的人

前幾天收到來自京都書店惠文社的信，問我二〇〇八年獨立出版的小書《一個人遠足Be Strong》還有嗎？我把手邊還剩下的書整理過後寄出，小書就真的絕版了，也算下了一個完美的句點。

三年前我曾經是個上班族，雖然是做自己很喜歡的工作，但仍然會對這樣朝九晚五的上班生活感到困惑，想試試看當一個自由工作者，於是我辭去工作前往歐洲，一個人自助旅行了三個月，作為對往日生活的告別和新生活的開始。我的書就是在這種情況下誕生，那時想做一本小小的書，開本不大頁數也不多，趁著記憶猶新趕緊把自己的旅行記錄下來。

因為任性地想完全照自己理想中的模樣做出一本書，於是開始了我的獨立出版。我的小書只有三十二頁，薄薄小小的，因為希望能有像畫冊一樣的質感，所以不計成本選了非常厚

的美術紙，也因此書本總是會微微自動打開，弟弟開玩笑說：「這是在強迫讀者閱讀。」為了讓書可以乖乖闔上，我到材料行找超大橡皮筋當作書腰，出貨前一本本的為每本書繫上。

日本《暮之手帖》的主編松浦彌太郎先生，也是cowbooks書店的老闆，有一回來台灣時聊到，他很喜歡書本，cowbooks是一家二手書店，書店裡的每一本書都是他看過喜歡，精挑細選的。他想像賣書最棒的狀態，是可以把書本當作餃子一樣賣，現場製作然後熱騰騰的交到客人手中，聽起來滿有趣，把書本當成好吃的食物現做現賣，不過這應該只有獨立販售，這種少量的書可以辦到。

第一次嘗試自己獨立出版，從畫圖寫

字、設計排版到印刷，然後拿著自己的書，像個推銷員一家家去詢問書店可不可以寄賣，一切的經驗都很有趣但也很辛苦。身分不只是作者也是編輯、校對，還要當業務賣書，賣不掉的書還要兼做倉儲。很像松浦先生說的把賣書當作賣餃子，從擀麵皮開始到包水餃、煮好後盛給客人、最後再洗洗碗，如果賣不完，冰箱裡就是一堆餃子。

獨立出版可以很率性做自己想做的，不必考慮現在的旅行書是流行哪種主題或者一定要放入很多資訊，反而可以很單純地把當時的生活記錄下來，做一本非常生活感的書。但是當初在印刷廠看到一落落剛出爐的書，一箱箱擺在面前，還是會突然質疑自己：「大家會對這些內容有興趣嗎？會有人想花錢去買嗎？自己理想的書，對別人而言有意義嗎？或者這一切會不會只是我一個人在喃喃自語？」這股焦慮從一開始進行就有，直到書交到讀者手上。

像賣餃子一樣賣書，有辛苦也有令人愉快的部分。賣書的這段期間，常常收到買書的人寫信來，告訴我在哪裡買到這本書，是如何喜歡，也有來信鼓勵我的。有些書本甚至輾轉出現在一些意料不到的地方，例如上海的某家古董相機店。也有日本人完全看不懂中文，卻很喜歡，還買了一些送給他的朋友，後來我們聯絡上了，也因此變成了好朋友。因為賣書結交了一些新朋友，認識了一些獨立書店，辦了一些展覽，也有雜誌來邀約採訪。

最近也有朋友想要自己出版，擔心沒有通路，問我會不會只是自己做好玩。我回答通路得一個個去問，而且獨立出版一本自己理想中的書，即使是全賣光，還是賺不了什麼錢，付出的心血和回收的金錢也是不成比例，的確比較像是自己做好玩的，或許還有可能賣不太掉。但是這些過程既辛苦也有趣，就像旅行一樣，一旦有了念頭，就得跨出第一步，否則會有遺憾。有趣和焦慮都是因為一切還不明朗，於是我們戰戰兢兢一步步地實踐，過程中辛苦的、甜美的都攪和在一起，最後才會令我們印象深刻。

寄出去給惠文社最後一批的庫存書，湧上心頭的是複雜的喜悅和寂寞。我期待下次的後會有期。（2010.12）

# 他人的日記

這幾天夜裡總會飄著細雨，即使沒下雨的日子，觀音山的半山腰霧氣也很濃，白濛濛的一片。路燈照在霧裡，澄黃色的燈光慢慢暈開，甚至能看到自己的倒影出現在霧中。

連續好幾天的溼冷，令人沮喪。懷念起上個禮拜的好天氣，早晨起來，空氣有一股太陽晒過的香味，刺眼的陽光，直逼著眼睛瞇成一直線，看著被強

烈白光照亮的景色，腦袋瞬間清醒。

最近特別容易受氣候影響，有部分或許是因為正在翻閱國家台灣文學館出版的《呂赫若日記》。作家通常以描述一天的天氣作為開始，接著是一日的記事，在日記中天氣的分量很重，似乎可以左右一日的心情和靈感。也令我不由得留意起每天的氣象。在一九四三年的台北，這幾天也同樣溼冷，「二月六日，今天也還是雨天。整天單調地下著，真吃不消。」

呂赫若本名呂石堆，出生於一九一四年，是日治時期的台灣作家，在當時被譽為「文學天才」。日記是以日文書寫在東京出版的「當用日記」冊子上，從一九四二年一月一日開始到一九四四年，因為冊子的書寫空間有限，都是簡要的日常記事、感想。國家台灣文學館把日文手稿翻拍成一冊，另一冊則是中譯可以對照，原稿的字跡秀氣，沒有訂正、塗改過，我猜想作家是位下筆相當謹慎果決的人，對照之下我的日記幾乎每頁都有塗塗改改的痕跡。

這本日記是二〇〇四年才獲家屬同意公開出版的。二二八事變後，一九五〇年呂赫若因為參加地下反政府工作，逃亡於台北石碇鹿窟武裝基地時，遭毒蛇咬傷去世。因為當時的政治緊張，在白色恐怖的肅殺氣氛下，家人將他的手稿、生前所閱讀的書籍，全部埋入後院荔枝樹下，還潑上一盆水讓它們腐壞。唯一倖存的僅有這本日記，因為上面記著子女的出生時辰，才被家人偷偷留下。我猜想為何不用焚燒的，或許是非常時期，必須低調進行，燃燒產生的濃煙，反倒容易引起別人的注意與懷疑。

不同於以往看小說或散文的心情，或許因為日記是如此誠實沒有修飾的。在短句內容中透露出與朋友吃飯、閱讀的書、家裡的小孩生病、寫作的焦慮、靈感、抱怨……，「希望寫出好作品，滿腦子都是小說」。因為日記才有的誠實和白描語氣，看著文字架構出過去曾存在的台北，寫實到彷若參與其中。這幾天翻閱著，那位六十年前和現在的自己年紀相仿的作家，筆下所描寫的生活，關注的事情，對時代的期盼，再看看現在身處的時代，有種說不上來的情緒。

觀看這樣的日記，可以更了解時代的細節、作家本身的創作背景，但仍會感到些微的不安，畢竟是以另一種形式偷窺別人的日記。雖然以研究資料來說非常珍貴，尤其是一個如此年輕就去世，沒能留下太多作品的作家。不過作者的心聲想必和讀者不同吧，當初寫下日記時，呂赫若應該沒料想到，如此私密的心事日後會被公開出版。突然有點能理解大江健三郎在訪談中提到的，「寫日記固然好，但是過一段時期還是燒掉為好。」

和先生一起吃飯時，我談起最近翻閱《呂赫若日記》的心得，又談起過去那些為台灣努力的前輩們，先生突然感嘆地說：「有一天我們也會成為過去吧！」是的，有一日我們也會如同一九五〇年的某一天。這樣說或許有點悲傷，但一面感嘆，一面提醒自己時，時間仍然悄悄地過去。和過去的他們一樣，二〇一〇年的我們仍然焦慮，思考關於這個時代的我們所要關注的事件，及要創作的內容、題目，和每天的日常生活。

就以呂赫若一九四二年一月一日的日記開頭作為結尾：「晴。一、要多創作。二、戲劇。三、發現美的事物。」然後繼續慢慢填上屬於我們自己的二〇一〇年。（2010.01）

# 日常見聞

小時候常會有人問你，長大後要當什麼，有一次我讀到一個俄羅斯的小說，小說裡的媽媽說：「有人問我，希望我的小孩長大後做什麼，與其期待他選擇怎樣的職業，我倒期待他想成為什麼樣的人，過怎樣的生活。」

大一時，在台北市立美術館打工顧會場，遇到一個退休後來當義工的老奶奶，那時面對不確定的未來，我有許多疑惑，總覺得很多事自己沒有能力辦到，老奶奶用一種平穩篤定的口吻回應我：「沒問題的，只要妳真的想要，一定可以做得到。」很不可思議的我就這樣被說服了，即使仍然疑惑，但卻開始相信自己可以爭取到想像的未來。我想如果同樣一句話由同齡的朋友說出來，或許只像是一般的安慰或鼓勵，但從六七十歲的奶奶口中說出，卻充滿說服力，像是她親身經歷一趟旅行後對我提出的親口保證。

# 日常見聞

但該爭取怎樣的未來和想要過的生活，年紀越大倒是越來越模糊，分不清楚究竟是因為逐漸妥協還是已經得到了。學生時代我一直希望可以當一個自由工作者，不必上下班，在家裡工作。後來離開了上班生活在家裡工作，即使行之數年，偶爾還是會懷念上班時穩定規律的生活和收入，當時每天起床梳妝後便搭車去上班，幾個同事坐一排，一天相處下來的時間比家人還久，聊的話比朋友還多，因為工作的關係讓大家聚在相同的空間，一起過生活，有時想想還挺有趣的。朝九晚五雖然累人，但到了月底就會有薪水進來，沒有工作也不必焦慮，老的時候如果是在大一點的公司或許還有退休金可領。

當自由工作者後，一個人工作，多半時間是沉默的，像獨自慢跑，沒有人盯妳，也不必在意一天中要從幾點開始到幾點結束。不過我是一個懶散的人，沒事時可以什麼事也不做，一天看幾部電影，或者只是翻翻書發發呆和朋友聊天，就這樣過了一天。可以花很長的時間睡覺，也不曾焦慮到失眠過，但收入不穩定時，對於這樣的懶散仍然會感到不安，因此有一年我在牆上貼上「積極」二字，希望能成為那一年的座右銘。

有時候我會為自己畫些圖，畫圖前我習慣先煮杯咖啡、聊天、玩我的貓、或者跑來跑去，撐到最後才會一口氣沉下心，帶著滿滿的壓力躲起來安靜地進行。起頭總是充滿焦慮，畫順了才能開始享受旅程，不過即使這樣，不到最後還是沒有把握，尤其是還沒進行到滿意時最脆弱，我通常會偷偷地躲起來畫。先生老是笑我畫圖時禁忌很多，最怕別人不經意從背後走過，因為一點點可能被誤會成輕視的眼神都足以殺了我。

常常會希望腦中想到什麼文字就可以順利寫出來，想畫圖就可以畫得令自己滿意，不過卻沒有這麼容易，光是發想題材就令人焦慮。腦袋空白時，我會去翻筆記本。我有好幾本日記，從小到大，一年一到兩本，習慣想到有趣的點子或者有意思的句子時，就拿出本子隨手記下。年輕時一天的感想很多，或許是放鬆的時間很多，總是可以輕易寫滿一整頁。這幾年，筆記本的空白越來越多，句子也越來越短。

究竟該如何分配一天的時間，我想除了工作，好好過日常生活也是必要的，像是花時間發呆、聊天、閱讀、玩我的貓，煮頓飯、喝杯好喝的咖啡，運動、聽音樂，和身邊的人相處，或是去旅行，作品是消化沉澱自己的生活。工作後需要挪些空間讓腦袋翻轉翻轉，放鬆和反省一下，雖然這樣的生活步調，我有時也不免擔心自己會不會和《伊索寓言》的小蚱蜢＊一樣，最後下場淒慘。

但創作的靈感通常都來自我的周遭生活，即使看似天馬行空的奇想也不例外。最後讓我抄一段在大江健三郎書裡找到巴什拉先生說的話，「所謂的想像力，就是對自己所認識和了解的事物，進行改變和變形的能力。」繼續好好挖掘、體驗日常生活吧。（2009.02）

＊《伊索寓言》裡有一對快樂的小蚱蜢，從春天到秋天都想吃就吃，一整天唱歌跳舞的，沒有為過冬做任何準備，到了冬天，外面都找不到食物，小蚱蜢因為不像隔壁的螞蟻們一樣努力工作積存過冬的糧食，結果餓死了。

# 好作品的前奏

有時候也會有一點字都擠不出來，或者畫圖該如何下筆，一點頭緒都沒有的時候。

通常只要願意下筆去嘗試，即使做出來不如意，但經過反覆修改最後還是可以慢慢導向滿意的樣子。但是，有時卻連一開始的第一筆都沒有頭緒，面對空白的紙瞇著眼，僵持了好久，像西部片槍手決鬥前的倒數，最後只好揉著微微絞痛的胃，感受截稿時間慢慢地迫近。

每次畫一張新的圖，都得進行一次循環，通常打稿構想的時候是最焦慮的，真正下筆反而像是一決勝負，不畫到最後也不知道結果是好是壞，但方向定了，接下來就只是等它出來，所以一旦念頭完成開始製作，倒是進行得很快，像是翻閱小說，急著看最後的結局。

事實上，畫圖的過程和閱讀故事還真的有點像，閱讀需要一頁一頁地翻才知道結果，畫則是一筆一筆地堆疊，慢慢地才能看得到最後的樣貌。因為充滿不確定性，畫畫的過程總帶著一點焦慮和緊張。畫圖時，腦袋裡會先有一個小草圖，先有對畫面的想像，但不是很明確，只是依稀看得到，憑藉過去的視覺經驗來想像。但那幅還沒畫好的圖，就像躲在一層厚厚的濃霧後。

畫圖的過程就像揮手撥開眼前的濃霧，一筆一筆地落下，把心中的畫作變得更清楚，只有自己看得到的那幅畫，慢慢地呈現出來。有時候連自己都不確定最後的結果，有點像走在山裡面，身在其中卻看不到整座山的樣貌，畫完圖後，就像下山再抬頭觀望剛剛爬過的那座山岳，終於能檢視全景。

前陣子在旅遊節目上看到，英國詩人威廉．沃茲華斯（William Wordsworth），在湖邊的小屋旁修築了一條簡單的散步路徑，當他創作詩句時，總是一面散步，一面思考字句，一有靈感就用隨身攜帶的筆和紙記下。我也試著思考時到戶外吹吹涼風看看山，雖然身邊也帶著筆和本子，卻很少在這樣的狀況下想出適當的想法。不過雖然無法立即解決當下的問題，但發發呆，看看風景聽一下小鳥唱歌，舒緩情緒再回頭思考，也是挺愉快的。

另外也試過翻閱筆記本或者隨手塗鴉的紙頭來尋找靈感，不過有時一翻起來，突然回顧到某一日的日記便容易開始分心，一看下去就沒完沒了；而通常畫的不錯的草稿，倒常常是在咖啡店因為發呆畫起的餐巾紙、廣告宣傳單，不刻意的筆觸通常都很自然而且自由好看，但因為蒐集起來一大疊，最後放到哪也很難找。

印象中捷克作家伊凡．克里瑪（Ivan Klima）曾說，他習慣想到什麼就寫在身邊的紙頭上，有一次和家人去旅行，突然有了小說的構想，拾起手邊兒子的作業本，一股腦的靈感湧上，很快就寫完一長篇小說，愉快地把本子擱在一旁。當旅行結束時，回到家中，他想起寫在兒子作業本上的小說，卻怎樣都找不到，他只好等沮喪淡去，再慢慢回憶重寫一次，像夢境般曾經出現又消失的文章。

村上春樹則提過的錢德勒（Raymond Thornton Chandler）寫小說的方式，倒是滿有用的。首先決定好適合寫作的桌子，然後把稿子、資料、筆準備好，雖然不必整理得非常整齊，不過卻得保持隨時可以開始工作的狀況，然後靜靜坐上兩個小時，即使一行字也寫不出來，總之每天都要安靜度過兩小時，不可以分心。

畫前的焦慮感，有時會讓腦袋一片空白，常常質疑起自己是不是不行了，擔心自己江郎才盡。但每次創作前的空白和焦慮，或許也是因為不知道會有怎樣的結果，必要經歷的折磨。就像大橋步說的，她終止了合作十幾年的品牌，「是因為太熟悉作畫要領，並且隨筆就能畫出，代表自己狀況在走下坡，太順遂的心情下作畫，是不會產生好作品的。」我想，焦慮是創作出好作品的前奏。（2010.07）

3

2

1

# 討論一件或許不存在的事情

前幾天先生和朋友F在討論當代藝術作品對外的影響力和可能性，F說了一件最近聽到有趣的作品，有一個作者從沒去過中東，他憑空寫了一本關於伊斯蘭龐克的小說，杜撰了在中東信奉伊斯蘭教的龐克族群是如何出現和發展，書中鉅細靡遺地描述了他們的穿著打扮、出沒地點以及彼此的說話方式，沒想到在他的小說發行後一陣子，在中東信奉伊斯蘭教的國度裡

真的出現了一群年輕龐克，照著他書裡寫的那樣，開始進行和發展。

先生聽了覺得很有意思，到處和朋友說這個故事。為了想了解更多，於是我上網去搜尋這本《伊斯蘭龐克》的故事，最後查到了《破報》*和《紐約時報》轉載有關這本龐克小說的內容，結果有點令我失望，和朋友敘述的不同；伊斯蘭泛指的是穆斯林，那是一本背景在美國發生的穆斯林龐克，後續發展影響並不如他說得如此浪漫。不過或許因為這件不存在的影響實在太美麗，以致於充滿吸引力讓人想到處傳頌。

在學校上「歷史與影像」時，教授告訴我們所讀到的歷史都不客觀，因為只要是人寫出來的都會有主觀意識。他以某一事件為例，讓我們同時讀幾篇由不同記者撰寫的報導，發現描述的語氣和使用文字的差異，會影響我們的觀感與判斷。

從上次選舉開始，我才發現台灣的媒體有一種奇怪的現象，分為兩派，各自有各自的觀點，明明是同一個事件，不同的新聞台，不同的敘述和剪接，看起來像是兩個故事，像辯論的甲乙方，因為立場不同而有截然不同的觀點，或許只有真的在故事裡的人，才能理解真相，下定判斷。

隨著網路、媒體發達，大量的資訊閱讀，我們有時會有知道越來越多的錯覺。對外界的理解看起來是豐富，可是所有的資訊卻都是二手的，經由主觀的媒體鏡頭攝影剪接，再透過內容篩選、下標題和註解，最後完成我們的視野。那些事件或許真的發生，但已經像電影一樣被重新詮釋，我們不在現場，經過這樣不斷的資訊堆積，逐漸構成我們對世界的想像。

討論一件沒看見的事情，或經過口耳相傳共同杜撰一件事。有時候討論久了便有可能變成真的，或許一如朋友F口中伊斯蘭龐克的故事，敘述一個可能的理想，像白日夢一樣，慢慢向外傳頌，嚮往的人便會追逐完成。或許我們只要再繼續傳頌伊斯蘭龐克這個浪漫故事，一段時間後越來越多人知道，對某些人來說，這個浪漫便是真實。

於是透過別人的眼睛，我們建立起一個虛擬的世界。（2009.03）

＊《破報》是台灣的免費報紙，具有左派關懷與全球視野的文化實驗行動，第一份進入台北捷運站的報紙（後來被認為有危害青少年健康與捷運局形象被趕出）。致力於讓那些被壓迫的聲音可以發出，關心青年人的社會參與、藝術表現與知識品味，期許做 reporter-activist 的角色。（節錄自《破報》官方網站的介紹 http://www.pots.com.tw/about，但已在二〇一四年三月停刊重整。）

# 插畫家的尋常一日

出場人物介紹：

Tarko 黑色公貓，2008年生
最近的外號是「姐姐」

**一家之母**
插畫家本人

**拉拉**
毛色金黃的類拉不拉多
2013年過世

**阿爸**
擅長切水果、煮三餐、
居家修繕……

**石开人**
屬兔，最喜歡排車子
自稱是「計程車叔叔」

早安
11:00
15:00
19:00
23:00
Z Z
Z Z Z
N:00

8:00
9:00
10:00
12:00
13:00
14:00
20:00
22:00

Taiwan Style 27

# 你的早晨是什麼？

## 一個插畫家的日常見聞

文、圖　王春子

編輯製作　台灣館
總編輯　黃靜宜
執行主編　張詩薇
專案編輯　沈岱樺
美術設計　王春子
企劃　叢昌瑜、葉玫玉

發行人　王榮文
出版發行　遠流出版事業股份有限公司
地址　台北市 100 南昌路二段 81 號 6 樓
電話　02-2392-6899
傳真　02-2392-6658
郵政劃撥　0189456-1
著作權顧問　蕭雄淋律師
法律顧問　董安丹律師
輸出印刷　中原造像股份有限公司
2014 年 6 月 1 日 初版一刷
行政院新聞局局版臺業字第 1295 號
定價 350 元


Printed in Taiwan
ISBN 978-957-32-7432-2
遠流博識網 http://www.ylib.com E-mail: ylib@ylib.com

國家圖書館出版品預行編目（CIP）資料

你的早晨是什麼：一個插畫家的日常見聞 / 王春子文．圖．-- 初版．-- 臺北市：遠流，2014.06
面；　公分．-- (Taiwan style；27)
ISBN 978-957-32-7432-2(平裝)
855　　103009557